城市上空的鸡鸣

墨村

百花洲文艺出版社
BAIHUAZHOU LITERATURE AND ART PRESS

图书在版编目(CIP)数据

城市上空的鸡鸣 / 墨村著. —南昌:百花洲文艺出版社, 2013.10(2018.12 重印)
(微阅读 1+1 工程)
ISBN 978-7-5500-0790-1

Ⅰ.①城… Ⅱ.①墨… Ⅲ.①小小说—小说集—中国—当代 Ⅳ.①I247.8

中国版本图书馆 CIP 数据核字(2013)第 252355 号

城市上空的鸡鸣

墨 村 著

出 版 人:姚雪雪
组稿编辑:陈永林
责任编辑:赵 霞
出　　版:百花洲文艺出版社
发行单位:全国新华书店
印　　刷:北京柯蓝博泰印务有限公司
开　　本:700mm×960mm 1/16
印　　张:12
版　　次:2014 年 2 月第 1 版
印　　次:2018 年 12 月第 3 次印刷
字　　数:128 千字
书　　号:ISBN 978-7-5500-0790-1
定　　价:29.80 元

赣版权登字:05-2013-336

邮购联系:0791-86895108
网址:http://www.bhzwy.com

前　言

以“极短的篇幅包容极大的思想”，才能够以小胜大，经过读者的阅读，碰撞出思想的火花，震撼人的心灵。正因为这样，微型小说成为一种充满了幽默智慧、充满了空灵巧妙的独特文体。

如果说在二十一世纪的头一个十年，是互联网大大改变了我们的生活，那么在我们正在经历的第二个十年里，手机将更为巨大地改变我们的生活。如今，以智能手机为平台，正在构成一个巨大的阅读平台。一种新的阅读方式正不知不觉地走进大众的生活。一个新的名词就此产生，它便是“微阅读”。微阅读，是一种借短消息、网络和短文体生存的阅读方式。微阅读是阅读领域的快餐，口袋书、手机报、微博，都代表微阅读。等车时，习惯拿出手机看新闻；走路时，喜欢戴上耳机“听”小说；陪人逛街，看电子书打发等待的时间。如果有这些行为，那说明你已在不知不觉中成为“微阅读”的忠实执行者了。让我们对微型小说前景充满信心和期待的是，微型小说在微阅读的浪潮中担当着极为重要的“源头活水”。

肩负着繁荣中国微型小说创作、促进这一文体进一步健康发展的责任和使命，微型小说选刊杂志社推出了“微阅读1+1工程”系列丛书。这套书由一百个当代中国微型小说作家的个人自选集组成，是微型小说选刊杂志社的一项以“打造文体，推出作家，奉献精品”为目的的微型小说重点工程。相信这套书的出版，对于促进微型小说文体的进一步推广和传播，对于激励微型小说作家的创作热情，对于微型小说这一文体与新媒体的进一步结合，将有着极为重要的作用和意义。

编者

2014年9月

目　录

城市上空的鸡鸣

任老贵身穿睡衣再一次走向了阳台，高度的兴奋已让他一夜未眠。夜的清凉抚摸着任老贵绷紧的神经。他支棱着一双耳朵，努力捕捉夜空里即将出现的蛛丝马迹。这个秘密，是他们之间的约定，他不能失约。他要在第一时间里迎接那一刻的到来。半夜里做下的那件事，他相信做得天衣无缝。

夜还黑，风还凉，任老贵手扶栏杆，打量着这个已生活了几十年，既熟悉又陌生的城市。夜生活的高潮也已过去，这个时候的城市就像一个被掏空了身体的男人，精疲力竭地趴卧在黎明前的黑暗里，暧昧的街灯是城市的眼睛。女儿移民美国后，老伴也去世了，偌大的房间里只剩下他一个孤老头子，他愈发怀想儿时乡下的日子。

乡下老家有鸡鸣犬吠，有绿油油的庄稼、清冽的河水，他的父老乡亲们活在那片泥土上，死后，又葬在那片泥土下。可城市没有，城市只有浮躁的车流人流。城市迎合人的身体，生活舒适，却死无葬身之地，死了，烧了，灰飞烟灭，小小的骨灰盒，被随便摆放在一个清冷的地方，像货架上等待出售的货物一样。一想到这些，恐惧就像潮水一样席卷了任老贵，他喘不上气来了。

任老贵辞退保姆，只身回到了老家。老家已没有什么亲人，父母在时，逢年过节任老贵还能回乡下与父母团聚，父母走了，把他的乡下老家也一同带走了，任老贵就很少回去了。一个当了村支书的远房侄孙，接纳了任老贵。侄孙一家待他很好，任老贵却感到陌生，只住了一夜，就坚持要走。

整个村子，原始散漫的房屋踪迹皆无，清一色的两层红砖白顶小洋楼，一座座一排排整齐划一，像一个模子倒出来的一样。房前屋后小巷纵横，全都铺上了水泥，院子里也是。弯曲随意的村中土路，被一条宽阔的水泥路取而代之，笔直得像一把利剑，穿村而过，生生把村子劈成了两半。村子里，不见一只鸡，也不见一只鸭，还有大腹便便的猪，窜来窜去的狗。一打听，竟是全被赶到村外集体圈养了。怎么可以这样呢？没有了鸡鸣，还能是农村么？任老贵表示着自己的愤慨。侄孙笑了，现代化新农村的标准之一就是要人畜分居哩。

任老贵听不到他想听到的鸡鸣犬吠，整个村子，白天，满耳朵只有人声，夜晚，只有电视声。任老贵的精神几近崩溃，他身心疲惫地回到了城市，把侄孙送给他的两只芦花大公鸡，虔心敬意地养在了阳台上。每天天不亮，那此起彼伏雄壮高亢的鸡鸣声把任老贵带到了人间天堂。可任老贵怎么也想不到，鸡鸣声打扰了邻居们的清梦，鸡粪味熏歪了邻居们的嘴脸。邻居们怨声载道横眉冷对。更要命的是，那天他忘了关鸡笼门，解放了的两只芦花大公鸡，飞到了楼下的草坪里，又刨又叨，草坪上一片狼藉。得意忘形的两只芦花大公鸡，还轮番攻击了一位手里拿着零食的小孩，把孩子吓得哇哇哭叫。邻居们把任老贵和他的鸡告到了小区物业管理处。物业管理负责人警告任老贵，咱是全市模范小区，曾三令五申严禁养鸡养鸭！今天你要不把它们处理掉！后果自负！

任老贵嘴上答应着，趁夜深人静，却将两只芦花大公鸡转移到了楼顶上。任老贵蹲在鸡笼前，鸡啊，听话啊，你们可不能再顽皮了，这儿安全，我每隔两天，会在半夜里给你们送来水和食物。放心吧，这里是12楼楼顶，平时没人上来，明天一早你们该怎么唱就怎么唱吧。

任老贵手扶窗栏，活动了几下酸困的双腿。突然，高空中传来了“喔喔喔”的鸡鸣声。随着一唱一和嘹亮的鸡鸣，整个城市醒来了。遥远的鸡鸣声依然是那么清晰悦耳，那蹦跳的音符，像极了乡下老家绿草尖儿上随风摇晃的露珠儿。任老贵闭上了双眼，激动地流下了两行热泪。

“哪里还有鸡叫？天哪，让领导发现了，咱这月的工资就全完了！哦，它在那儿，鸡叫声在楼顶上！快抓住它！”一个粗暴的声音高叫着。任老贵浑身一个激灵。他跌跌撞撞地冲入电梯，12楼到了，他气喘吁吁地顺着嵌入墙体的钢筋竖梯，爬上了楼顶。

任老贵被眼前的一幕惊呆了。楼顶上冒出了一胖一瘦两个保安，胖保安正在疯狂地踩踏着已塌了架的鸡笼，一只芦花大公鸡已死于非命，鲜血把鸡笼都染红了。而瘦保安，像一条猎狗，拼命追逐着另一只嘎嘎惊叫疲于奔命的公鸡。

鸡毛纷飞。任老贵笨拙地阻挡着，他想救回自己的鸡。无路可逃的大公鸡飞上了楼顶半米多高的护栏。瘦保安临门一脚，大公鸡一声惨叫，头朝下脚朝上，像一支离弦之箭，向楼下飞速坠去！

“我的鸡呀！”任老贵大叫一声，扑身向前。救鸡心切的他来不及刹住奔跑的速度，在一胖一瘦两个保安的惊呼声中，整个身子便飞离了护栏。

坠落的过程中，任老贵忽然感到一阵轻松，身子像一根鸡毛，在空气中飘起来，飘起来了。飘飞的过程中任老贵又听到了雄壮高亢的鸡鸣声。

任老贵幸福地笑了。

清明节的人形油条

在我们涅阳西南乡彭村的习俗里，清明节是鬼节，上坟祭祖一定要赶在节前，把香裱纸钱送给亲人的亡魂，好让他们有充足的时间置办过节用品。上坟祭祖的供品，什么都可以没有，就是不能没有炸油条，一根根金黄金黄一尺多长酒杯般粗细的油条，外焦里软，香气四溢，说是便于游离阴曹地府的亡魂闻香而来。

这习俗始于何时，已无从考证。我问了村里上了年岁的几位老人，他们众口一词，上辈祖先传下来的么，啥意思？不清楚，可传下来自有传下来的道理，照着做就是了！

就在我找不到答案失望而归的路上，我碰到了一个人，她是住在村尾的玉米。玉米面目清瘦，一身黑衣，左胳膊挎着一只竹编小篮，里面放着一沓香裱纸钱。让我感到惊奇的是，香裱纸钱下面的供品油条，每一条竟是两个紧紧缠绕的男女人形！

玉米的男人孬蛋，三年前死于一场车祸。玉米一直不嫁人，苦守着三岁的遗腹子过日月。有媒婆登门说亲，玉米只流泪不说话，后来就再没人去自讨没趣了。

“玉米，上坟啊！”我说。

“嗯哪。”玉米说。

目送玉米跨过村边的小石桥走向南坡的麦田。我看到，清冷的田野里一丝儿微风也没有，没入脚腕的麦苗碧绿如绸，浓得人直犯困意。一只孤独的大鸟在蓝天上飞翔徘徊，沉默不语。这里、那里，有三五一群或形单影只的上坟人，或蹲或站。一柱柱散漫的青烟袅袅升起，那是他们在给亡人烧送银钱。

突然就不见了玉米。

莫不是心情过于悲伤，晕在了坟边？

我急急翻上一堵断墙登高远望。孬蛋的坟边空空如也，一个人影也没有。

我茫然四顾，拐沟里一个急急奔走的黑色身影闪入眼帘。

是玉米！

不给男人孬蛋上坟，如此急慌诡秘，她要去做什么？要到哪里去？

我疑窦顿生，探询的目光紧粘其后。

玉米爬上拐沟沟沿，转动头颅向四周窥探，之后，猛然窜出，踉跄着扑向了一座孤坟，急急地把一篮人形油条摆放在坟墓前，整个人就扑在了坟头上……

我一声惊叫，身子一晃，差一点从断墙上摔下来——那可是我堂哥李俊的坟啊！

我猛然想起眼前的这个名叫玉米的女人，四年前可是我正宗的堂嫂啊，我堂嫂玉米的原始男人就是我可怜的堂哥李俊！我堂哥李俊死于一瓶剧毒农药，风华正茂的23岁，就永远定格在了2003那一年紧张的麦收季节里。

关于我堂哥李俊的死，众说纷纭，流传着好多种版本，有说是麦收的活又紧又脏又累人，我堂哥吃不消了；有说下暴雨那天夜里，在打麦场上盖麦垛，看见玉米的上衣被撕烂了，露出了雪白的奶子，又看见我堂哥疯了一般掴了孬蛋几个大耳光……

我堂哥李俊死了，我堂嫂玉米不哭不说话目光呆滞，只埋头制作缠如麻花的油条，一根根在棺木前的供桌上堆积如山……后来我堂嫂玉米便做了孬蛋的女人……

如今，当远望着我堂哥坟墓前那一篮人形油条时，我一下子明白了我堂嫂玉米深藏内心多年的泣血痛楚，我的心随之碎了。

南方125与桑塔纳

在我们涅阳西南乡彭村里，王村长是最牛B的人，跨着一辆南方125，目不斜视威风凛凛，在彭村的地盘上横冲直撞，鸡鸭猫狗轧死无数，没有人敢放一个屁，只有自认倒霉的份。就是人被他的摩托车碰了撞了，也不敢有半句怨言。

五年前，杨槐角的爹杨树皮被王村长轧伤了脚，王村长说，你咋就听不见呢？我喇叭摁得山响，你不但不躲，到了近前，还一个劲地往车轱辘上撞！杨树皮是个聋子，天上打雷都听不到，“地球人都知道”。气得脸色铁青的杨槐角，就是在那个时候决心要与王村长比个高低。

后来，杨槐角从一头母牛开始，一头一头发展壮大，红红火火办起了黄牛养殖场，一车车肉牛运出去，钞票像树叶一样往家里飘。再后来，杨槐角便买了一辆桑塔纳，整日在村道上日溜来日溜去。村民们慨叹：“杨槐角真牛B呀，上厕所都开着轿车哩，比咱王大村长还村长！”

再再后来，这话竟然被人不幸言中了。

那天，杨槐角从西南乡街上开车回来，离村子半里地，就看见王村长骑着那辆南方125，趾高气扬地在前面走。杨槐角心里一激动，一踩油门紧跟了上去。王村长听见后面喇叭响，就朝路边避过去，可那车就是不超车，跟在屁股后一个劲地摁喇叭。王村长的南方125老了，后视镜上蒙了一层灰，就像患了白内障，看不清后面是什么车。王村长只好屈尊回头看。王村长见是杨槐角的桑塔纳，就不自在了，就来气了，干脆放松油门，慢悠悠磨蹭在路中间。

杨槐角笑笑，轻打方向盘，小轿车“日”的一声就窜到前边去了。手忙脚乱的王村长来不及躲闪，“呀”的一声，连人带车便被弄了个懒狗晒蛋，躺在地上直哼哼。

杨槐角从桑塔纳里钻出来，仔细看看王村长，见只是擦破了一点皮，就把王村长连人带车送回了家，主动赔了医药费，额外还加了二百五十块精神损失费，还不停地朝王村长打躬作揖："对不起，村长，啊，不，现在叫村主任了，我只是想与你开个玩笑，没想竟吓着主任了，唉，看来耳朵太机灵了也容易精神紧张哟。"

原来的王村长现在的王村主任不知是伤口疼还是咋的，张口结舌不算，还一个劲地猴子吃辣椒——直翻白眼。

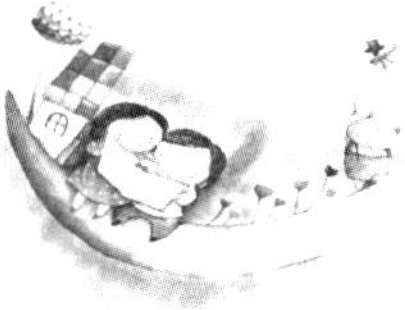

走捷径的男孩

男孩高中毕业，年方十八，爱舞文弄墨，曾于地区报发表数十篇新闻消息之类的玩意儿，颇有名气，县城某单位慕名而来，力邀男孩去单位作专职报道员。

虽然月薪区区五百，管住不管吃，且一年又定了必须在中央级见稿五篇之重任，但英雄毕竟有了用武之地，男孩胜券在握，不以为然。转眼小半年倏忽而逝，男孩除数十块“火柴盒”在地区及省报露脸外，中央级屡投屡败，仍以光头自居。

如此下去怎么得了？男孩开始坐立不安，抓耳挠腮之余，决心孤注一掷，自费上京送稿。男孩思来想去，一抛以往道听途说闭门造车蜻蜓沾水写作方法，深入基层广罗素材，费九牛二虎之力，拟定出一长篇通讯，经文友多方润色之后，信心十足地挤上了北去的列车。

男孩颇费周折摸进一家著名报社，见一屋男女编辑埋头于大堆稿件中，慧眼聪捷，朱笔飞舞。

近女性必脸热心跳语无伦次之男孩，战兢兢绕过一俊美异性编辑，向其对脸办公之男编辑怯怯说明来意。

编辑极热情，倒茶让座。男孩怀忐忑之心，半腚着凳，洗耳恭听。编辑说，你大老远的送什么稿啊，其实你不必亲自送的呀，送来和邮寄来是一个样的，作为编辑，我们都一视同仁认真处理的，好，你先放这里吧，有消息我们会通知你。眼看一场急切的希望将化为泡影，男孩眼圈一红，眼泪欲出，使浑身解数软磨硬泡。编辑无奈，答应好好看看，尽力酌处。男孩这才悻悻然惴惴而归。

至单位，风尘未掸，其稿竟赫然上了该报二版头题。男孩欣喜若狂，竟于报屁股处寻觅到了责任编辑之大名。

男孩感叹：不送稿，见报难啊！

为加深编辑印象，男孩精神培增，潜心研读该报，有的放矢，白天窜没于乡村机关搜素材，夜晚蜗居于斗室里爬格子，推敲至摇头晃脑之时，便附信道：X编辑斧正学生不胜荣幸没齿不忘等等，挂号寄出。如此周而复始，新闻稿竟奇迹般或长或短粉墨登场。男孩感激涕零，附信之称呼也迅速由X编辑转为X老师，再由X老师升为X恩师，最后竟干脆尊称为X叔叔了……

年终，任务超额完成，新闻报道一直落后之单位，独领风骚，被上级评为先进。男孩也因此身价培增，颇受领导器重。

来日方长，男孩感恩图报，勒紧裤腰，用节省之微薄之薪水买了大包小包土特产，赴京谢师。

轻车熟路入报社，男孩一眼便认出和女编辑对脸而坐之恩师，遂敬"良友"一支，做毕恭毕敬状，腼腆地说，老师，我又送稿来了，想让老师给看看！

编辑说，你其实大可不必如此劳心费神，车马劳顿地亲自送稿子，送稿子和寄稿子是一个样的，我们不会厚此薄彼，每篇稿子都会认真处理呢，先放这里吧。男孩愣了下神。良久，方才悟出，大单位还是大单位，全国各地送稿者众多，上次匆匆一面，自己一定没有给老师留下什么印象，难怪老师认不出我呢！遂窃喜此次来京之必要性和重要性。于是，急躬身复敬烟，小声提醒道，老师，您忘记我了，我是X男孩啊！

编辑仔细打量男孩，思之良久，仍不知男孩何许人也。编辑只好苦笑笑，对不起，我实在，实在想不起来了。男孩身汗淋漓，忙列举其所发文章旁征博引。

编辑仍旧丈二和尚。男孩无奈，只好委婉说出附信称呼事。编辑愈糊涂，竟怀疑男孩精神是否正常。

尴尬之时，静听良久的对面女编辑，似有所悟，遂抬头笑容可掬，朱唇微启，刚要打招呼，忽有人喊她接电话。男孩听其名，周身一震，慎问编辑道，嗯，老师，问你个事，老师是二版责任编辑么？

编辑恍然大悟，遂遥指对脸女编辑之空位，唔，我不是，刚才的X

小姐才是二版责任编辑呢。

男孩闻听，立时面红耳赤，恨不得找条地缝钻进去，唉哟娘哟，羞死人了，自己在附信中一直尊称的“编辑叔叔”，怎么竟是这妙龄女郎啊?! 男孩终于明白，做什么事，都不可妄想歪门邪道！每个人其实都没有捷径可走的，只要用真本事去拼搏，就一定会有收获！

最佳搭档

刑满释放的独眼龙近几日活动异常诡秘，这是涅阳西南乡全体乡民有目共睹的事。有好事者曾一度产生向派出所反映情况的念头，但苦于证据不足，或担心引火烧身只好中途作罢。直到独眼龙回乡后的第27天，他才将这一悬念推向了极致。

这晚，黑夜无边，乡街上静得出奇，忽然“吱呀”一声门响，一缕儿黄色的灯光从打开的一扇房门里泼洒而出，撕裂了夜的一角，只见鬼鬼祟祟的独眼龙支棱着两轮大招风耳朵，附在门缝上静听片刻，一闪身便跳出了门外。屋门在身后重新迅疾地关上，发出一声喑哑的呻唤。黑暗重又吞没了一切。

蹑手蹑脚的独眼龙，无声无息地左躲右闪着，向街西河滩里那片幽深恐怖的树林直直窜去。在黑暗中小心穿行的独眼龙行动怪异，穿行间时常会突然停止不前，疑神疑鬼前后左右地看来看去，在确信没有任何反常时，这才继续他神秘地潜行。

阴森森的树林终于到了，独眼龙闪身静伏于林边一棵粗大的杨树后面，两手捂紧鼻孔，发出了三声瘆人的猫哭。与此同时，林深处也回应起三声凄苦的鸟鸣。

独眼龙闻听喜出望外，信心十足地向林深处摸去。

潮湿的树林里伸手不见五指，满地落叶在脚下骚动不安，独眼龙屏息敛声朝林子纵深里小心逼近。

突然，一条神秘的黑影闪电般无声地从一株树干上飞扑而下。正摸索着潜行的独眼龙感到了一种迅速迫近的恐惧，他无法明白是一种什么力量促使自己迅速闪跳过去。

随着"扑通"一声闷响，一个黑咕隆咚大鸟一般的墨团，便重重地砸在独眼龙刚刚跳离开去的那个地方。黑影压抑着发出一声痛苦的呻唤，紧接着便死了一般的静静躺卧着一动不动了。

"谁？"因过度的紧张和恐惧而口干舌燥的独眼龙本能发出一声喑哑的短促惊问。这声有损男子汉气魄的惊问，使独眼龙在后来的无数日子里一直感到羞愧和遗憾。

大鸟一般的黑影仍然一动不动地躺卧着，无声无息。独眼龙抑制着怦怦心跳静等片刻，确信无诈后，便警觉地摸了过去。就在独眼龙刚想弯下腰一探究竟时，不料那团黑影竟猛然一个单腿翻跳，疾风般欺身直扑过来。猝不及防的独眼龙一个"啊"字还来不及出口，便被黑影死死锁住了两只手腕，一股遭了电击一般的酸困，直直刺入脊髓，麻向了尾骨……

熟悉的干净利落的身手，令浑身瘫软的独眼龙怦然心动：是他！就是那个已销声匿迹了八年之久的老大——王彪。

"大哥！"独眼龙脱口而出，声音因激动而略显颤抖。被称为大哥的黑影人迅即松开双手，紧张地捂在了独眼龙多毛的大嘴上，一个警示的"嘘"声从撅起的双唇间麻利飞出，接着一声轻唤："我的好龙弟呀！可想死大哥了！"转身紧紧抱住了独眼龙发抖的身体。

"大……大哥，这些年一直没有你的消息，我还以为大哥你……"独眼龙唏嘘有声。

那人说："嗨，还不是大哥我福大命大！自从那次失手后，弟兄们死的死，伤的伤，抓的抓，就剩我一个光杆司令侥幸逃脱。我隐姓埋名，躲过了无数次的追捕。一听说你出了笼子，便马不停蹄地星夜兼程，冒险赶回来接你。为万无一失，还望龙弟能够理解我对你的几次试探和考验！好龙弟，跟大哥我走吧，咱他妈再好好联手，轰轰轰烈烈地干一宗大买卖，大哥我保你一辈子享用不完。"独眼龙禁不住喜形于色，他深知自己在老大心中的位置，因为他们一直配合默契，他是老大的左膀右臂。

"大哥，这……你容我好好想想。"独眼龙望着幽暗的树林若有所思。独眼龙边说边从衣兜里掏出了一包"群英会"，抖抖索索地塞给了老大一支，紧跟着，"叭"地一下点燃了火机。

开足了气门的一次性打火机猛不丁蹿起老高的火苗，差点燎着了老大的眉毛。

“操！”独眼龙骂道，“又他妈一个假冒货。”独眼龙骂骂咧咧地嘟哝着，吹灭火苗，在黑暗中窸窸窣窣扣摸了一阵，这才重新打着了火机。然而火机的气门依然失控，老高的火苗又是一蹿。

独眼龙双手擎着火机尴尬地笑了笑：“没法子了。大哥，你就将就一下吧。”独眼龙终于点燃了老大叼在嘴边的香烟，自己也慢吞吞地抽出了一支，叼在了双唇间。

“叭”又一柱火苗蹿了起来。这可已是第三次蹿起的火苗了。金黄的火苗激动地“扑扑”蹿动着，独眼龙动作迟缓地将火苗移近香烟的屁股，却不吸，任其自燃。

“快跟我一起走吧，你怎么变得婆婆妈妈的了？你以前可从来不是这样。好龙弟，有车在河湾那边等着哩，我还给你带来了一只功夫厉害的‘鸡’。快走吧！”老大急不可奈地说。

火苗仍在蹿跳。火光下，独眼龙的左眼亮而深邃，而凹陷的右眼却紧张地蹦蹦乱跳。

“快走吧！别犹豫了。”老大焦躁地催促道。

然而，话音刚落，四周围却哗哗啦啦一阵响动，震响起一片吼声：“别动，警察！谁动打死谁！”

面对一圈围上来刺眼的手电光和黑洞洞的枪口，惊魂甫定的老大王彪吐掉香烟，刚想负隅顽抗，便被迅雷不及掩耳猛扑上来的几条大汉扑倒于地，扣上了锃亮冰冷的手铐……

翌日，市晚报在头版的位置上，赫然刊登出一则振奋人心的消息：《奸诈凶残作恶人逃匿八年终被擒——震惊大江南北的我市“93. 4. 13”抢劫杀人案元凶王彪昨日落网》。

晚，一辆警车悄没声息地将独眼龙送回了涅阳西南乡。

圈套

男孩和女孩结婚了。

女孩以前并不爱男孩，尽管男孩曾“马拉松”式地追求过女孩。女孩是村子里的靓女，打人群里一走，衣兜里总会神奇地出现一封封求爱信。

女孩之所以嫁给男孩，做了男孩的妻子，是因为男孩是女孩的救命恩人。那晚，女孩在邻村看电影，喇叭上突然有人喊女孩，说女孩母亲得了急病。同来的姐妹们都被银幕上的俊男靓女迷住了，女孩只好一个人匆匆往家赶。

夜色正浓。女孩提心吊胆，疑神疑鬼地走着。路过一块麦田，突然窜出一个人，将女孩拦腰抱住，嘴里堵上一条毛巾，然后把女孩拖进了麦棵里。女孩惊惧万分，奋力挣扎……撕扯中，女孩的衣裳被扯破了，毛巾也从嘴里掉了出来，“来人哪！抓流氓啊！”女孩拼力呼喊。

一个小伙子奇迹般地出现了。他旋风般地冲上来，扬起手中的三节手电棒，奋力朝压在女孩身上的那人头上砸去。那人一声闷哼，歪在了一边。他紧接着猛扑上去，朝那人的下身又狠狠踢了两脚。眼瞅着那人挣扎了几下，肚子极不情愿地向上一拱，又重重地瘪了下去。他这才转过身将瘫软成一堆烂泥的女孩搀了起来。猛然女孩惊叫一声：“是你!”便歪在他的怀里。原来救女孩的竟是同村的男孩!

沾满血迹的电筒瘪了。男孩打着火机朝那人脸上一照，两人同时都惊呆了，只见那人狰狞的面孔上流满了血污，左太阳穴被砸了个深深的血窟窿，人已咽气了。

男孩女孩投案了。为减少不必要的麻烦，男孩与女孩订立了攻守同盟条约，隐瞒了死者倒下后又踢的那两脚。

公安经过勘察取证，最终确定死者系邻村一个流氓老手，且是正在追捕的在逃犯，恶贯满盈，死有余辜；男孩见义勇为，且主动投案，虽失手将罪犯打死，但免于刑事处分。

事后，女孩得知自己的母亲并没有生病。男孩说，这可能是误会，邻村也有一个与女孩同名同姓的。女孩对男孩感激涕零，弃了前嫌，一天不见，心里就莫明其妙地怅然若失。渐渐地，田间地头留下了男孩女孩的足迹……男孩女孩相爱了。男孩女孩结婚了。

男孩很爱女孩，在女孩面前像个俯首贴耳的奴仆，对女孩有求必应，百依百顺……耳鬓厮磨，同床共枕，这多少次令男孩神魂颠倒的梦终于变成了现实，男孩怎能不高兴？为了得到女孩，男孩可是几乎付出了死的代价啊。

狂热的蜜月过去了，女孩却依稀觉得男孩有什么事瞒着她。因为女孩发现近来男孩老是从噩梦中惊醒，吓出一身的冷汗。女孩问男孩梦见了什么，男孩总是支支吾吾，说不出个囫囵话。

如此反复，男孩精神萎靡，日渐消瘦了。

女孩硬拉男孩去了医院。医生说，男孩患了精神恐惧症和并发性忧郁症，必须住院治疗。

望着整日奔波操劳憔悴不堪的女孩，男孩动了感情，真想对女孩一古脑掏出郁结在心中的事，可好几次话到嘴边，却又不得不咽了回去。男孩不敢。男孩没有勇气。男孩知道说出的后果将是怎样的不堪设想。

两个月过去了，男孩的病情仍不见好转，且农活上来了。女孩只好接男孩回家，慢慢治疗。

然而，巧得很，就在那流氓死去一周年的这天，从早上一开始，男孩便疑神疑鬼烦躁不安。晚上，当男孩又一次从噩梦中惊醒时，却惊恐万状地凄哭野叫，神经错乱，疯了。

女孩一时照护不到，男孩便赤脚跑出门去，睁着一双迷惘的粘满眼屎的眼，在村子里、田野间游荡，躲避着每一个碰上的人，嘴里不住地嚷着：“别别别，别抓我，我没杀人，没杀人……”有人还时常看到泪流满面的男孩，总是孤零零地在邻村的一座荒坟上一跪就是老半天，且嘴里也不知咕哝着什么。人们议论说，男孩是被那流氓死时的惨相给吓的了。

女孩的命太苦了，村里人都很同情女孩。

女孩痛苦极了，一年来的种种不幸逼着女孩不得不冷静地去思考：男孩为何要隐瞒又踢的那两脚？邻村为何没有与自己同名同姓的？突然的相救，噩梦的纠缠，一周年时又突然的变疯……

一连串的问号连接起来之后，女孩突然不寒而栗了。天哪！这难道是……

女孩一阵晕眩，泪水一下子涌满了眼眶。

青青的石板桥

小河的流水清澈明静，水底的游鱼时聚时散。

河堤下，一条低矮的三尺来宽光滑滑的青石板小桥，横卧在水面上，将西岸的彭村和东岸的小学校连在了一起。

清亮亮的河水荡漾着，流淌着。欲坠的日光映在水面上，投下一个洗衣女人的身影。

这时候，女人已洗完了衣服。她站起身，在青青的石板桥面上活动了一下麻木的双腿，向东岸河堤上望了一眼，叹了一口气，又蹲下身去，将洗净拧好放入盆中的衣服又倒在了石板桥面上，抖开一件若无其事地揉搓着，两眼却盯着桥下的流水发呆。清莹的水面上映出一张三十左右少妇的脸，清瘦、秀丽，惨白、多愁，聪慧的水灵灵的丹凤眼，瓜子形好看的脸庞，小巧的嘴唇内微微翘起的两颗玉色小门牙，还有那一头齐耳的漆黑秀发。那丹凤眼的眼神变幻莫测，忽儿深沉，忽儿焦灼，忽儿欣喜，好似在回忆、担心、等待着什么。

“学生们早过去了，该是过来的时候了!”她想着，又偷眼望了一下东岸高高的河堤。

“嗡——”，热血上涌，她差一点眩晕。她的心跳加快了。是他，他终于过来了!

她慌忙埋下头去，手忙脚乱地搓洗那已洗好的衣服。窈窕的身段随着两臂的揉搓，一上一下有节奏地起伏着。乘往水中摆衣的当儿，她斜着眼打胳肢下朝身后的桥头窥视。他已脚步坚实地踏上桥面了。

她竭力克制着怦怦的心跳，洗，洗，洗……

嚓嚓的脚步声近了，更近了，这声音是那样的熟悉，又是那样的陌生……

悠然，脚步声消失了。她满腹狐疑，想看个究竟，却没有勇气抬眼。然而她还是看到了他——水面上又多了一个晃动着的壮实的倒影。他，就站在她身后两步远的地方。

你怎么不先说话？她的心跳得更厉害了。别这样对待我，横眉冷对我受不了！那时候是怨我太软弱、太孝顺、太没有勇气，可我是女人啊！你，一个男子汉为何不伸手救我？是糊涂专横的爹娘坑了我啊！如今，那不争气的又进了班房，不是娘把俺母子接回来住，我……唉，山盟虽在，锦书难托……酸甜苦辣，她的心简直要碎了。她渴望得到他的温存与安慰，哪怕只是一点点儿。然而。她失望了。还是自己先开口吧。

她埋着头，声音很低，好像怕河面上的风儿把这些话吹到河堤上，让放羊的小孩听了去。“你，一直在恨我吗？”

“不不，我，你，你是幸福的。”“混蛋”，他心里骂道。明明知道她遭着不幸，怎么却说出了这样的话。恨她吗？有点儿，可更多的是祝愿，心里这么想，不防竟……唉，课堂上的伶牙俐齿怎么变成了吞吞吐吐语无伦次？

她的心犹如被尖刀狠剜了一下，泪水喷溅飞下：“石哥，别，别这样折磨我。我知道我这辈子都对不住你。求求你，原谅我吧。你，你要是不记前仇，就答应我一件事……”

他，一阵幸福的战栗。他想伸手替她擦拭眼泪，然而却又本能地后退了一步。今非昔比，毕竟不是在十年前的青纱帐里了。怕招惹是非的他已经有了妻子、儿子，而她也已跟一个不称心的丈夫生活八年了。“英子。”他还是用的十年前的称呼，“你说吧，一千件，一万件我都愿做……”

“……我是那支伤心流泪的红烛，一生都在为你哭，思念是我戒不了的毒，直到我的生命结束……”东岸上，突然传来了歌手陈瑞的《红烛泪》。两个人不约而同地抬头而望，只见一个小伙子骑着一辆电瓶车冲下了河堤。那哀伤的催人泪下的歌曲，正从电瓶车上的车载音箱里一波跟着一波地朝四下里泼洒蔓延。

她身子机警地一颤，慌忙收起衣物，将红色塑料脸盆往腋下一挟，站起身，在青青的石板桥面上踩着碎步，向西岸走去。“莫愁就要上学了。”她对跟上来的他说，“我就这一个孩子。我想让孩子到你的班上去，他不能失去父爱啊！石哥，答应我，你要把他当作你的孩子，他本应是你的儿子呀……”她哭着，却又怕别人听见，竭力地用手指堵紧嘴唇，任由泪珠儿无声地纷纷滚落，一颗颗跌碎在古老的青青的石板桥面上。

“英子，你，你莫哭，你一哭，我心里……唉，你放心，我要把我俩失去的一切都弥补到莫愁身上，我发誓……”

“别，别。石哥，只要你对嫂子好，对孩子们好，我……”她咬紧了嘴唇，泪又噗噜噜地溅落下来。

桥头就要到了。唉，青青的石板小桥啊，你怎么这般无情，只有这么短！伸展吧，快快伸展，哪怕伸展得长无尽头，我都心甘情愿一直这样走下去。

她痛苦地晃晃荡荡地走下桥头，把身子闪在了一边，声音低微得可怜：“快，你，你走吧。”

电瓶车缓缓从身旁驶过，那歌曲一波一波迎面扑来无情地撕扯着两个人的心：“……我摇摇摆摆随风而舞，痴心为你踏上了不归路；我沉沉浮浮频频回顾，难舍难离爱的铭心刻骨……”

他的心揪紧了，相逢亦难别也难。他默默地站在她身旁，想说什么，却又说不出来，末了，只好双眼一闭，低了头慢慢地迈步上堤了。

电瓶车走远了，陈瑞那让人心儿欲碎的歌声仍在小河的水面上萦绕盘旋：“我摇摇摆摆随风而舞……”

她强撑着瘫软欲倒的身体，无力地站着，眼泪模糊地望着逐渐升高的壮实的躯体，拖着长长的身影，走进那西天飞来的道道金色的霞光里……

古老的被脚板磨得光滑滑的石板小桥下，清澈的河水仍悠悠地打着旋儿哗哗流淌着，唱着一支辛酸凄婉的歌……

他们坐在铧嘴上

正是中午，桂林兴安灵渠里的水清澈得能看到一尾尾游动的鱼儿。

男人和女人坐在的铧嘴上，心里一片混浊。毒太阳扑头盖脸，他们不管，两张脸暴晒如发红的虾皮。“我数到10，咱就一起跳下去。”男人说。女人目光呆滞，不说话，只无力地点了点头。男人看着瘦削的女人，心里酸楚得喘不过气。男人说，你饿了吧？女人不说话也不点头。男人说，我知道你早就饿了，咱都两天没吃饭了。我有一个最后的心愿，我知道你喜欢吃卤菜粉，我想让你吃得饱饱的，我不想让你做饿死鬼。

女人的心头一颤，眼眶上颤出一圈水来。女人狠狠心，那水在眼眶里打了一个旋又缩回去了。男人听到了女人的肚子里的咕噜声。男人看看河岸上，一家米粉店掩在一丛绿荫下，

了决心，他拉起了女人。男人和女人腿脚发软，下了铧嘴，石堤上水流很浅却长满了绿苔滑得吓人。他们相拥着，一摇一晃地小心涉过，爬上岸来。

米粉店门口那个五十多岁头戴白帽子的男人笑容可掬，小心翼翼地上前招呼，二位，里边请！男人安排女人坐在一张桌子边，眼皮抬也不抬瓮声瓮气地说，来两碗四两卤菜粉，多放辣椒。女人说话了，声音很小，不，一碗就够了，咱和着吃。男人的眼圈红了，他明白女人节省，她怕花钱，可现在都到什么时候了，要钱还有什么用。男人说，你听我一次吧，两碗。两碗米粉很快就端上桌来，诱人的香味丝丝缕缕地缠绵在女人的发间，女人下意识地咽了口唾液，顺下眼，两手捂紧了肚子。头戴白帽子的男人坐在一旁笑容可掬，吃吧，快趁热吃吧。男人和女人对视了一眼，拿起了筷子。女人低下头抿了一口汤水，优雅地夹起细滑

柔韧的一根米粉开始细嚼慢咽，须臾却禁不住诱惑，毫无顾忌地狼吞虎咽起来。男人看着女人的吃相，偷偷抹了一下眼角。这一切都没有逃过头戴白帽子的男人的眼睛，心里轻轻地舒下了一口气。两碗米粉很快被男人和女人风卷残云般消灭得碗底朝天了。

结了钱，男人和女人坐着没动。头戴白帽子的男人递给男人一根"甲天下"，自己也叼了一根在嘴边，打燃火机，两个人吐出了两柱浓烟。头戴白帽子的男人说话了："年轻人，我注意你们两天了，不到别处游玩，在那个铧嘴上一坐就是一整天。我猜想你们一定有什么想不开的事。我不想知道你们有什么事，可我就是想告诉你们，父母养活你们长大成人不容易呀！"

男人和女人看了一眼头戴白帽子的男人，低下了头。

头戴白帽子的男人不管，只顾自己一个人唠叨："我有一个独生儿子，不知道为什么事想不开，瞒着我和他娘，寻了无常。他娘哭瞎了眼，前年去了，只剩下我一个孤老头子。我本想随她一起去了，可转念一想，我若也去了，每年的清明谁去给他们烧纸送衣呢。我得为他们活啊！一个人不能只想着自己，眼一闭什么都不管不顾了，你得想想你的亲人能不能承受这种打击。我那独生子大不孝啊，要是压根就没有他，我眼下不是还能和我老婆知冷知热地过完后半辈子么！"

男人和女人都哭了……

这故事发生在十年以前。故事里的那个男人是我，女人是我妻子。那时候，我携妻从北方来到南方下海经商，东拼西凑来一笔资金与人合伙做生意，不曾想却中了合伙人的圈套，二十万投资血本无归。无颜见江东父老的我和妻子万念俱灰，商定殉身美丽的灵渠。不想，行动之前的一碗米粉却救了我们。我和妻子至今仍不知道那个五十多岁头戴白帽子的男人叫什么名字。三年前，我应邀参加在兴安举行的广西小小说学会成立大会。晚上，我一个人悄悄去了灵渠，想寻找那个头戴白帽子的恩人，竟遍寻不着，那里早已是人去物非了，只留下满腹遗憾空对月……

我在水街等你

风情万种的桂林兴安水街，是因为滋生爱情而闻名天下，五桥之一的娘娘桥可以作证，清澈甘甜的灵渠水成就了闻名遐迩的桂林米粉，柔滑爽口的桂林米粉养育了水街两岸风姿绰约的兴安妹仔。十九岁的阿美就居住在水街边上。

阿美此时正双手托腮，坐在“阿美米粉店”的门口，一双大眼凝望着灵渠里往来穿梭的船舫出神，迷离的双眼里充满了忧伤。他走了，明年的这时节还会来吗？阿美不敢再往下想。阿哥呀，请你一定要相信我，我会一直在水街等你，到地老，到天荒。

阿美的目光穿越古色古香的天韵阁，看到了去年十一的水街。水街上游人如织，一拨一拨的旅游团，潮水一般地漫上来，又退下去，没有个完。一个穿着一身牛仔装的长发青年出现在接龙桥上，左肩背着一只大包，右肩斜挂着写生画板，形单影只。阿美凭经验就知道他是一只单飞的鸟，她被他不凡的气质所吸引，一直目送他走进了一条街巷里去。

阿美后来才知道，他是来自北方一所大学美术系的学生。水街上飞檐镂窗雕梁画栋的古建筑群、酒吧、茶吧、古玩店、风味小吃店，还有小桥流水、砖雕照壁……都被他一一搬进了厚厚的画本里。

那天，他走进“阿美米粉店”，要了一碗马肉米粉，嘴唇刚刚触到碗边，猛然觉得眼前金光乍现。他抬起头来，看到了送外卖回来的阿美。阿美白皙的瓜子脸上挂着一层细密的热汗，一缕儿秀发粘贴在小巧的鼻尖上。阿美身体前挺，头往一边微侧，纤巧的右手五指并拢，将锦缎般柔滑的一袭披肩发梳向了肩头。阿美巧夺天工的身体曲线制造出的这一姿势，让他目瞪口呆。这熟悉的姿势，来自于一幅知名的油画。这活生生如此逼真的立体展现，电光石火般地击中了他，握在手中的筷条叭的一声砸落于地，引得一屋的眼睛纷纷投向了他。他手忙脚乱地弯腰去捡拾，却又碰翻了桌上的一碗米粉……

就这样他们相识了。阿美说，你为什么不住酒店呢？他说他喜欢小巷里家庭旅馆的那份幽静，那幽深的长满苔藓的天井，还有那木门、木窗上的雕刻让他迷醉。他说，这里的米粉太好吃了，他要慢慢逐一品尝。他订约了五天的米粉外卖。三十余次的迎来送往让两颗火热的心贴在了一起。要回校了，阿美依依不舍地送他到水街口，红着眼圈悄声说，哥，明年的十一黄金周，我还在水街等你！

让阿美做梦也想不到的是，这个让她朝思暮想盼来的相聚，会出现那样的一幕尴尬。

又一个十一来临，他像一只准时回归的候鸟如期而至。那天晚上，一公里多长的水街上留下了他们相互依偎的幸福身影。夜色渐浓，她送他回到了小巷深处的那家家庭旅馆。分手的一瞬间，他们紧紧地相拥着，谁也不愿分开。挂在廊檐下的橘红色的夜灯散射暧昧，他们心照不宣地急匆匆进门，急匆匆关门，又急匆匆拥吻。一切都顺理成章水到渠成。两个人身上的衣服风刮一样地被抛向了空中……

阿美白瓷样细腻光滑的裸体使他的呼吸急促。他吻向了她的眼睛、鼻子、红唇，紧实的胸脯与绵软小腰。阿美身体瘫软了。就在他即将进入之时，阿美突然醒悟似的浑身一个激灵，本能地奋力去推他迅速下压的身体。而热血上涌的他，像一只莽撞、笨拙、口渴的小鹿，急急地找寻那一方甘泉却不管不顾。恐惧中的阿美双手乱舞，尖利的指甲深深地划向了他身体的一侧。剧疼使他一下子停止了粗暴的动作。阿美直挺挺仰躺在床面上，一双眼空洞地望着天花板一动不动。阿美可是我心中圣洁的美神啊！他无地自容，羞愧地抓起阿美冰冷的小手，掴向自己的脸颊。阿美舍不得下手，一声不吭地往回抽手。他懊恼地狠掴了自己两个嘴巴……

一大早，阿美送来了一碗热腾腾的红油米粉，却发现他早已不辞而别了。阿美失魂落魄地退出了天井。一家酒吧里悠然响起女歌星陈瑞演唱的《昨夜》："还记得昨夜推开这门，里面的主角是我们……"

那中速渐缓的节奏，特别是那沙哑沧桑富有磁性的嗓音，一下子让阿美泪流满面。

名　师

京城一隅，早已拥有了汽车洋房美妻娇子的彭水扬，一想起十七年前自己的发迹史，便忍不住一个人捂嘴偷乐。

那时候的彭水扬还是一个其貌不扬的青皮后生，家中待业，整日闲得无聊，见报刊将气功吹得神乎其神，便跃跃欲试。

彭水扬倾囊从书摊上买回十几本气功入门之类的书籍，认真研究，潜心学艺。然一年有余，彭水扬除掌握了一肚子头头是道的理论外，始终感不到自身技艺如何。

一日，哥儿们云，乡下有一大师，入定后能看到常人的真魂游荡。

彭水扬一时兴起，便慕名拜访。

无名小辈，为免遭闭门羹，彭水扬略一思忖，什么见面礼也不带，空手前往。

初见大师，彭水扬便先发制人将自己的气功如何了得神吹了一通，并言明此次造访旨在以气会友，共磋技艺，别无他图。

大师愣神须臾，见彭水扬乳臭未干且一脸诚意，并非险恶之徒，便吩咐徒儿们分列两厢，静观二人斗法。

二人相距约五米之遥，对脸而立，彼此发功。

彭水扬微闭双目效仿大师模样，口中念念有词，双手做出各种古怪动作。

渐入佳境，彭水扬与大师皆已身不由己，又呼又号，时而舒臂扭腰如醉如痴，时而收腹摆臀似颠若狂……

临近尾声，二人心领神会，同时收功。

上茶。

入座。

彭水扬双手抱拳，遂向大师讨教："大师慧眼聪捷，可看到在下发功之时，头顶上出现了何物?”

大师诚惶诚恐拇指高挑：“了不起！了不起！我看到高兄头顶之上有一缕儿蓝光出现，闪闪烁烁如炉中之火，足见高兄的技艺，已达到了炉火纯青的地步!”

“大师果然名不虚传，一语中的。”彭水扬听后喜形于色，乜了大师一眼，一本正经道，“不过，在下也看到大师头顶之上有一团红光萦绕，此光乃不祥之光，预示大师学无定法，功力虽厚，但早已走火入魔。如此下去，不仅要前功尽弃，而且还要招灭顶之灾。”

大师听闻，哗然色变，冷汗迭出，忙趋前做毕恭毕敬状：“嗨哟！高兄功力非凡，敬请指教，救愚弟一命!”

彭水扬淡淡一笑，复抱拳，泰然自若：“大师言重了。既然你我同道，焉有不帮之理?”遂随心所欲即兴手舞足蹈了一番。几招完毕，彭水扬叮嘱道：“如此练上七七四十九天，大师方可改邪归正转危为安。”

大师唯唯诺诺点头如啄米，感激涕零，佩服得五体投地，遂率一干徒儿拜倒在彭水扬脚下……

消息传出，方圆几十里内的气功迷们纷至沓来，要拜彭水扬为师，其中不乏银须飘然者也。

彭水扬始料不及，大惊失色，手足无措，一再郑重声明自己的气功子虚乌有纯属扯淡。

但愈声明，拜师者愈切愈甚。为得名师垂爱早日掌握真才实学，自命不凡怀才不遇的气功迷们，居然拎着大包小包硬往彭水扬屋里钻，更有甚者还搬动了彭水扬的父老兄妹三眷六亲，充当说客软硬兼施。

彭水扬哭笑不得左右为难，为不至成为众矢之的，遭人唾骂，只好稀里糊涂堂而皇之地坐上了名师的交椅，煞有介事地广罗门徒，开始干起了传授所谓高深莫测气功技艺的勾当。

自此，彭水扬名利双收，众人颂扬。

两年不到，赚得钵满盆满的彭水扬到了省城。

再后来，又到了京城。

以至今天，在京城有着丰富办学经验而身价百万的的彭水扬，以名目繁杂的“XX 培训班”、“XX 研讨班”闻名遐迩，源源不断的新学员层出不穷遍布全国……

打 赌

胖子和瘦子那时候很年轻，两人结伴到山里去。

奇山诡水，令人迷醉。在一风景绝伦处，游兴正浓的胖子和瘦子同时发现了一种很奇特的树。两人生性好抬杠，己见各持，互不相让。

胖子说，这树肯定能长成栋梁之材！

瘦子说，那不一定。

胖子说，咱各弄一棵树苗试一试！

瘦子说，那就弄吧。

于是，胖子和瘦子两家的庭院里便都有了这种树，只不过胖子栽在地上，瘦子植在瓦盆。

胖子和瘦子较着劲儿为各自的树苗儿浇水、施肥、松土、修剪。

胖子的树没遮没拦，一天天长大长高，很劲秀，很漂亮。

瘦子的树用铁丝左绕右缠，一天天眼瞅着老往那斜刺里窜，很怪异，很邪乎。

日子一晃悠，胖子头顶秃了，瘦子脑袋光了。

胖子的树长得有一搂粗细，铜杆铁臂，挺拔巍峨，冠盖如伞，遮天蔽日，惹得周围十里八村鲁班的子孙们整日绕着左测右量直打鬼主意。胖子笑眯眯搔着脑壳对瘦子说，咋样？不错吧！

瘦子的树虽只一米有零，且疙疙瘩瘩，歪歪扭扭，枝丫纤弱，丑态毕现，但却被瘦子侍弄得盘龙虬扎道骨仙风，随便站在哪个角度上看，都能让人陡生一种云天雾地深奥难测之感。一日，被一采风的摄影记者撞见，记者被其别有洞天的玲珑奇绝与怪诞飘逸的鬼斧神工所深深折服，惊叹之余，“叭叭叭”一口气拍完了整幅胶卷。月余，一封来自首都北京的牛皮大信径送瘦子家。瘦子满腹狐疑地拆开一看，竟是那位记者寄给他的一份画报。瘦子一蹦三尺高，乖乖，咱的大名咱的树竟上了《人民画报》咧！瘦子笑眯眯哗啦啦抖着画报对胖子说，咋样？不错吧！

胖子撇撇嘴，熊样，烧锅嫌碍事！

瘦子吊吊眉，鳖形，谁愿跟你换！

胖子说，走着瞅！

瘦子说，走着瞅！

忽一日，县里来辆“解放”，从司机楼里跳下一个瘦猴样的人，老驴曳磨般围着胖子的树转了一圈儿又一圈儿，最后突然打住，要出大价钱买了这棵树。

胖子头摇得如拨浪鼓，冲着在门口晒暖的瘦子夸张地可着嗓门吼，啥？你说啥？九百？不中不中，再添五十也不卖。

最后，那人阴着脸甩出十张领袖票，吃亏似的连树根都挖出来拉走了。

那几日，胖子红光满面，进出家门，嘴里都韵味十足地老哼着“包龙图我打坐在开封府……”

又一日，市里来辆“奔驰”，从里面钻出一个弥勒佛样的人，操着一口普通话叽里哇啦地嚷嚷着要找瘦子。

胖子自告奋勇，哼唱着“……哪一夜我不等你到月上高楼……”领那人来到了瘦子家。

那人一进院门就被瘦子的那棵树惊得老半天都没合上张大了的嘴，激动地一边搓手一边一连声地“名不虚传！名不虚传！”地嚷。

那人毕恭毕敬地朝瘦子直揣过滤嘴烟，早闻其名，如雷贯耳，你老太不简单了，今日得见，真是三生有幸，三生有幸啊！

不知道你老舍不舍得忍疼割爱，这个数送给小辈，咋样？

那人迫不及待地伸出了一只手掌。

瘦子耷拉下眼皮，抽出了自己的旱烟袋。

那人忙又加上了另只手掌的三个指头。

一旁的胖子急得不行，朝着瘦子直嚷，你你你，你神经病啊，八十了你还不卖？

瘦子睁开眼，不紧不慢地往烟锅里装着旱烟丝，冲那人懒懒一笑，你是内行，嗬，给两个巴掌不多吧？你说。

那人一愣，随之点头如捣蒜，啊，你老说的对，是不多，是不多！

乖乖，这东西也值一百？胖子一声惊叫。

瘦子鄙夷地哼了一声，多了，还是少了？

胖子一脸问号。

瘦子乜了丈二和尚般的胖子一眼，你知道个屁。

沉默良久，瘦子突然一磕烟袋锅，声音朗朗地对那人说，成，就冲你刚才的那句掏心窝子的话，九千八你赶紧搬走吧，免得一会儿我后悔了……

那人受宠若惊点头哈腰喜出望外，勒在滚圆肚子下的钱袋里掏钱的手都激动得颤抖不已。临走，从“奔驰”上拿出一条“万宝路”往瘦子怀里一塞说，你老有情有义，咱交个朋友，来日方长，这点小意思，你老无论如何也得收下！啥时去广州做客，我一定陪你老逛个够！

胖子愕然。

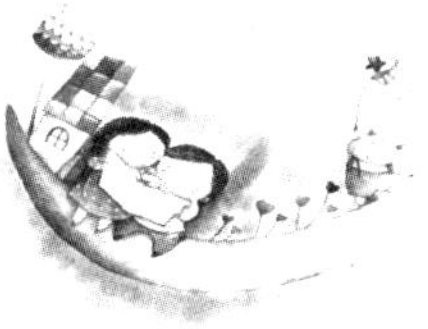

红八月

这天真怪，刚过立秋，便白天热晚上凉了。清娃从二歪开的采石场上，下夜班骑车归来，路过村西的水库边，“咣”一声，车铃掉了，“叮当当”连蹦带跳一直骨碌到堤下水边上。借着清冷的蓝月光，清娃下车去拾铃，发觉水库里白花花都是鱼儿。

清娃回到家，躺在床上高低睡不着，满脑子白花花都是乱飞之鱼。清娃想：奶奶的，炸几条去!

主意拿定，清娃一个鲤鱼打挺便从床上跳了起来，弯腰撅屁股拉出床底下的一口大箱子，扒出从采石场偷来的炸药和导火索，将炸药装了满满一酒瓶，鬼鬼祟祟溜出了村。

月光溶溶，晚风爽爽。清娃一边走一边揣摸着下班时，偷偷塞进二歪办公室那封恐吓二歪交出两万元的匿名信。

二歪是外地人，外地人二歪钱多得没处花，买下了涅阳西南乡彭村这座什么也不长的石头山。当初彭村人还笑话二歪是个大傻蛋，可等几十公里外的县城边矗起了一家水泥厂，二歪的采石场开始打眼放炮、几十辆“解放”来回穿梭时，彭村人便坐不住了。清娃领着一群人涌进村主任家，卖山时我们没表态，村里咋就把石山贱卖了？主任你得给个说法！村主任无奈，只好找二歪。二歪就接收清娃在内的十几条青壮男人当了工人。清娃做了保安，威风凛凛牛气十足，这职业与又脏又累的放炮采石不可同日而语，每月下来，清娃领到了一沓八百元的工资。清娃很满足，走路都挺胸凸肚目不斜视。可时间一久，清娃心里又不美气了：这二歪也忒黑了，整天端着一个明晃晃的小茶杯，这里吆喝一声那里吆喝一声，什么不干，却用每月从水泥厂领回来的钞票，把那个不离左右的黑色牛皮包塞得鼓囊囊，像女人怀胎十月的大肚子。更气人的是，鳖盖小车里还经常变换着掐一把就直冒水的鲜嫩女人，花枝招展的鲜嫩女人们一个个嘴唇涂抹得鸡屁股一样，黑的黑，红的红，蓝的蓝，紫的紫，花花绿绿争奇斗艳！他二歪是人，爷儿们就不是人么？凭什么他能享受，爷儿们就不能享受？看看那些在乌烟瘴气的石场上做苦力的，蓬头垢面流汗流血，吃白灰放白屁，容易么？为啥才给爷儿们这么一点儿?！清娃坐不住了，坐不住的清娃就想故伎重演，下决心再好好敲二歪一竹杠……

嘿，嘿嘿，二歪这耸货儿经不起吓，两万元对他来说是九牛一毛算不了什么，奶奶的！清娃想到这里心里如灌了蜜，得意地轻声哼唱起来："过了头道关，我心里好喜欢，妹啊，妹啊，我来到了你门前……"

须臾工夫，粼粼库水已近在脚下，鱼儿泼刺有声。清娃情绪极度兴奋，忙闭了嘴巴，屏息敛声，选好一处鱼多的地方，点燃了拿在右手中耷拉出瓶口的导火索，迅疾向身后一背，准备抛掷出去。但这时，清娃却发现水库里这里、那里十几处都是白花花挤成了堆的肥嫩之鱼。这里不少，那里也挺多，清娃的脑子就乱了套，一时竟不知朝哪儿投为最好了。

导火索在清娃屁股后不怀好意地闪耀着死亡之光，诡诈地"咝咝"窃笑。

清娃心绪烦乱，还是选不好最佳目标，急得在水边上团团转。眨眼之间，只听"轰隆"一声响，清娃"妈呀"一声叫，库水手舞足蹈一阵跳，一切便又恢复了夜的寂静……

村里人闻声赶来，慌慌的贼亮手电光却照见清娃扎煞着双臂扑倒在水边上，一股股殷红的血污，正从清娃那血肉模糊没了右手的手腕处，曲里拐弯地流入库水中……

这一涂抹在八月之夜的血色画面，刺疼了涅阳西南乡彭村人所有的眼睛。三天后，清娃从医院里苏醒过来，颤抖着苍白的嘴唇，向前来看望他的亲友们说起了那天晚上的遭遇后，亲友们闻听哗然色变，纷纷惊呼道，乖乖，你那八成是中了魔，是无常在诱你哩，不打因由不起事，要不为何遇恁巧？

兰 兰

兰兰长得俊，是涅阳西南乡方圆几十里内出了名的靓女。

村里的小伙子们都很喜欢她，都想娶她为妻，花言巧语的媒人几乎快要踢破她家的门槛。可兰兰谁也看不上，偏偏爱上了模样并不出众的山山。

那天，他们在河湾里割猪草。

突然，兰兰“唉哟”一声扔了镰刀。山山跳过去，一把攥住了她小巧的手，却不见伤在了哪儿。兰兰扑哧一笑，顺势躺在了山山怀里，羞涩地闭了眼睛。她说她要嫁给他。

山山高兴极了，如醉如痴地紧盯着兰兰那双水灵灵、火辣辣的眼。猛然，他张开了有力的双臂，搂紧了兰兰娇小的索索发抖的柔软身子，紧紧地吻住了兰兰灼热的嘴唇，吻得兰兰喘不过气来。他们紧紧地拥抱着，相互轻唤着对方的名字，一起滚倒在了绿茵茵的草窝里……

兰兰的父母知道了这件事，立即恼羞成怒，关起门把兰兰痛打了一顿，并拍屁股跳脚骂到了山山的家门前，声言要把山山的狗腿打断。

几天后，兰兰的父母急急忙忙把兰兰寻了个很远很远的婆家。据说那里缺少女人，连母猪都不干净。男人比兰兰大两岁，是个木匠，手里活泛，人长得倒也说得过去。

娶亲那天，却不见了兰兰。后来，人们从树林里把和山山死死搂抱在一起痛哭的兰兰抓了回来，强行塞进了迎亲的牛车。

牛车走了。

山山躲在家里半个月都没出门。

兰兰在婆家像换了个人，整日头不梳，脸不洗，腮边挂泪。常常一个人靠在门框边，睁着一双忧郁的大眼望着天边，一声不吭地发呆。

她开始三天两头地回娘家。一回来，便和山山幽会。等那个小木匠住到丈母娘家，死磨活缠，她才无可奈何地坐上小木匠的小驴车，让男人驮回家里去。

夏去秋来。树林里的最后一片黄叶儿落去了，小木匠领着老丈人，老丈人领着族家人，把正在树林里偷情的兰兰和山山抓住，打了个半死。

村里年岁最大的二顺爷摇头晃脑道："这还是轻的咧，要是搁在先时，男人，要打断两条腿；女人，要脱成净肚儿游乡，最后发卖或沉潭……"

兰兰挨了打，再也不去婆家了。当着痛哭流涕求兰兰宽恕的小木匠，她提出了离婚。

兰兰的父母觉得他们的脸都让兰兰给丢尽了。半夜里，他们商量着要用绳子把兰兰捆了，送回婆家去。

装睡的兰兰听见了，悄悄溜出来，叫起山山连夜逃走了。

三年以后，村里有人从湖北回来，说在那里的一个小镇上，碰见了兰兰和山山。他们在小街上摆了个杂货摊，还添了一个带茶壶嘴儿的小孩儿，日子过得很不错。兰兰妈想女儿想得发疯。兰兰爹当初虽然发了誓要和女儿一刀两断，但也熬不过兰兰妈鼻涕一把泪一把寻死觅活苦求活缠，最终还是答应，两个人一起下湖北瞅瞅。

第二天，两个人在上路前，仍忘不了把家里祖传的那个缀有"长命福贵"的银项圈儿，给没见过面的外孙娃儿带上。

街头疯景

家住城北菜市街的文疯子金潇洒原是一名文化工作者，报刊上屡屡有文章发表，颇有名气。金潇洒的疯病与写文章有关，据说金潇洒在文化馆工作时，写的一篇讽刺小说占了省党报整整一个大版，被涅阳一领导对号入座后便让金潇洒丢了饭碗。金潇洒到处上访，刚一进家门便被刑拘了，不知怎么搞的，放出来后金潇洒便疯了，成了名符其实的金小傻，简称小傻。

疯了的小傻不打人不骂人也不再上访，穿着整洁，行动怪异，每日上午 8 时，小傻必准时地出现在菜市街丁字街口发表滔滔不绝的演说，常引得一圈闲客围观叫好。每次演说完毕，小傻嘴里必敲击着稠密的鼓点，动作潇洒地踩一路脚步的细碎，裹挟着旋转的急风，扬长而去。这一风雨无阻的场面，多年来已成为涅阳菜市街丁字街口的街头一景。

小傻的演说剧目繁杂包罗万象，嬉笑怒骂皆成文章，幽默诙谐，妙趣横生，不乏可圈可点之精品佳构。

一日，涅阳某长因贪污受贿数额巨大，并雇凶将缠纠不胜其烦的情妇杀死，数罪并罚，被政府镇压了。西装革履兴奋异常的小傻雄纠纠气昂昂地走上了丁字街口，定定地站立在第二日上午 8 时温暖的阳光下。小傻的演说开始了。

你们知道不？昨日某长在押赴赵河滩刑场的半路上，曾被一头横空窜出的大肥猪拦住了去路。大肥猪悲痛欲绝，涕泪横流，语不成调，啊嗬，某长啊，啊嗬嗬……嗬！

某长很激动。某长习惯性地想伸出自己曾经让许多人受宠若惊温暖的大手与大肥猪握手，可某长背上插着亡命牌，五花大绑的绳索毫不客气地粉碎了某长的企图。某长的双手已青紫冰凉。某长很难受。某长只能委屈地挤出一脸尴尬的苦笑，哈，哈哈，好老弟，真是树倒猢狲散啊，以前苍蝇般围在我身边的人赶都赶不散，如今一个个连个照面都不打，都他妈无踪无影了，真难为你还记得我能赶在此时为我送行，谢谢了！某长伤感地挤出了几滴眼泪。某长说，好老弟呀，让开路吧，脑袋掉了碗大的疤，二十年后又是一条好汉！

大肥猪愈加伤心欲绝，四蹄绝望地疯刨地面，张扬起一片弥天黄尘。某长烦了，别哭了！你这样子，会更使亲者痛仇者快，再说，这挨枪子的是我又不是你，哭这样悲痛就有点假了。

大肥猪哽咽着说，假什么呀，某长大哥啊，我……我是哭我自己哩，我……我不该欲壑难填贪嘴好吃啊！我现在才明白，主人为什么总给我大桶大桶又肥又香的东西吃呀，他……他这是笑里藏刀没安好心哩，他是……他是盼着我尽快脑满肠肥，好早日送我去屠宰场挨刀啊！某长大哥啊，你可是比我美多了，你吃美了喝美了也玩美了，你不但有老婆，还有那么多漂亮二奶，我真是想不透，你怎么舍得杀如花似玉的女人哩？比起你，我活得可真窝囊呀，要挨刀了，可还没尝过女人是啥滋味，我……我还是个真正的货真价实的处男啊我，我好可怜呀，我真是心有不甘死不瞑目啊！

某长先是目瞪口呆，继尔，方醒悟似的禁不住仰天长叹：天哪！早知今日，何必当初，如果组织上能再给我一次机会，“我一定会做一个廉洁奉公不贪权不贪钱不贪色的三不贪干部”，唉，可惜一切都晚了，我……我真他妈连猪脑子都不如啊！

又一日，国营涅阳黄牛养殖厂破产了，破产原因众说纷纭。雄纠纠气昂昂的小傻又准时地现身菜市街丁字街口。小傻的情绪非常昂奋，大睁的双眼里满是愤怒。

小傻说，养牛场破产了，养牛场为什么破产了呢？因为有人要吃牛鞭呀！牛鞭好呀，壮阳补肾哩，“汇仁肾宝，他好我也好！”小傻拿捏着嗓子故做羞态地学着电视广告片中一个女人嗲声嗲气地说，一边说一边还不停地向众人闪着媚眼。

一圈闲客哄然大笑。

小傻不笑。小傻一脸严肃。

小傻重重地叹了一口气，唉，只是可怜了那些大公牛、小公牛、老公牛、少公牛，它们被生生割了阳具，都被疼死了。

小傻说，要说养牛场还有很多母牛呢，可那些大母牛、小母牛、老母牛、少母牛，一夜之间都逃得鸟蛋精光了。

这可真是奇了怪了，好好的，为什么要逃呢？小傻翻眼瞅着被吊起了胃口的兴奋的闲客们。

是啊，为什么要逃呢？众闲客茫然对视着又纷纷摇头。

小傻很遗憾，鄙夷地撇了撇两片嘴唇，继续自己的演说。

小傻说，因为母牛们听到了饲养员的牢骚。仅此而已。

小傻说，那天晚上，饲养员在牛棚里一边给母牛们拌着草料，一边自言自语恶狠狠地骂：这些没有足尽的家伙，真他妈不是东西，吃完了牛鞭还赖着不走，一个个人模狗样地坐在场长办公室里比赛着吹牛B哩！

小傻红头胀脸，双眼怒视虚空，声嘶力竭地吼喊道，还不明白吗？公牛们死了，母牛们逃了，养牛场能不破产吗?!

牛气哄哄

忽然就有了太阳，突兀得让人措手不及。

连续九天的连阴雨，老天爷像得了尿结石，憋了一肚子的尿水，却尿不出个痛快样，今儿挤点儿，明儿挤点儿，淋淋拉拉，总也尿不净。九月五日一大早，一直努力鼓劲的老天爷终于失望了，丧气了，一甩，一甩，再一甩，甩出几点儿滴挂的残尿，勒紧了裤带。就这么，十几天的连阴雨，就停了。就这么，灰不拉叽的云缝里，就闪出个太阳了。

玉米看着养殖场临时搭起的一架两丈高的充气拱形彩门，百感交集，这彩门威武矗立，霸气十足。彩门两旁，四只用绳索紧紧牵牢悬浮于空中的大气球，垂挂的四条“热烈欢迎省领导莅临检查指导”的巨幅标语，齐刷刷瀑布样飞流而下。

玉米想起了一个月前王县长那个电话。王县长说，老玉啊，接上级通知，九月五日，顾省长要到你这个省级劳模的涅阳黄牛养殖场调研，那些成品牛要暂停出售，什么？正在装车？快，快卸下来，一头也不能卖，你别给我叫苦，我知道，用精料喂养的这一百五十头成品牛，多养一个月损失惨重，可你把肥牛都卖了，省长来了，你让省长看什么？为了咱县的荣誉，我求你了，你可千万不要让我在省长面前丢脸啊！你别跟我急，我现在就去你的养殖场，商量一下场门前那条村道扩建的事……

近一个月来，各级领导纷纷走马灯似的前来视察督促工作。

第一场秋雨落下来的时候，距省长调研的日子不足十天了。

百忙之中的南都市白市长冒着绵绵秋雨，心急火燎地来到养殖场做最后的巡视。

看着既办公又兼住房的十几间平房，白市长的眉头皱成了一团疙瘩，太简陋了！一个农民企业家，住房如此寒碜，这让省领导看后做何感想？马上扒掉，盖座小洋楼！玉米苦着脸说，白市长，修门前这条村路，已欠了县里十三万贷款了，再说牛卖不了，资金也周转不开呀。白市长说，这你放心，成品牛不能卖，小洋楼也要盖。

白市长当场拍板，责成王县长在最短的时间内，为养牛场贷款十万。老王，你要当成一件政治任务来完成，要不惜一切代价，动用所有力量，力争在省领导调研之时，把农民企业家的风采呈现在省领导面前。

当天下午，潇潇雨丝中，推土机隆隆轰鸣，养殖场那排平房便土崩瓦解。一时间，养牛场红旗飘飘，人声鼎沸，搅拌机、卷扬机、震动棒沐雨临风，不分昼夜地应和着瓦刀磕碰砖瓦声，呼呼隆隆，叮叮当当，经久不息。小洋楼在秋雨的滋润下，节节升高……

从打地基到外粉刷竣工，仅五天五夜，一座黄色的欧美风格的尖顶小洋楼，便威风凛凛地矗立在了涅阳黄牛养殖大院里。

“省领导的车队马上就要开过来了！”高音喇叭里抑制激动的提醒，让深思中的玉米猛然清醒了，空气一下子变得紧张起来。公安民警，十步一岗，如临大敌。村道两旁，两长溜一直延伸二里多长的无数小彩旗，在湿润的秋风中，激动得浑身发抖，小蛮腰献媚般地死扭活缠，叶愣叶愣，春光乍现。

呜哇的警笛响了。耀眼的警灯亮了。一溜儿车队牛开过来了。鞭炮轰然炸响，彩纸筒冲天开花。唢呐锣鼓铿锵应和，将金属激情击溅满空。

村子里，鸡飞了，狗跳了，就连体态憨笨的猪们，也疯了，颠了，失去了往日大腹便便处乱不惊的稳重样了，一个个蹽开短粗的腿脚，触泥搭水地狂奔于房前屋后街头巷尾。它们像喝了烈酒，手舞足蹈，龇牙咧嘴，不停地吼喊着“欢迎、欢迎”的猪言猪语。

顾省长钻出轿车，在市、县官员们的陪同与各路记者不停闪烁的镁光灯下，与玉米亲切握手。顾省长在视察过程中一直赞不绝口，给予了高度的评价……

顾省长的调研，圆满成功，市、县领导皆大欢喜。然而，谁也想不到，一场蓄谋已久的灾难正悄然逼近。

顾省长的车队刚刚消失，将要正午的太阳，哧溜一声，就没了影。黑云陡暗，还起了狂风。积患多日的尿结石，让老天爷吃尽了苦头，忍耐力达到了极限，声嘶力竭地狂奔嘶吼。一番电光石火般的上蹿下跳激烈颠簸之后，奇迹出现了，堵塞的尿路，竟然一下子畅通无阻了。老天爷喜极而泣，压抑已久的尿水势如破竹，排山倒海般摧枯拉朽疾射而出。

急风暴雨整整折腾了一夜。

黎明时分，玉米被接连不断的炸雷和牛群惊恐的嘶吼声惊醒。

玉米趟着没膝深的积水，跌跌撞撞地冲到了大院，借助刺目的枝状闪电，吃惊地发现狂风暴雨不知何时已把所有牛棚的屋顶掀翻了，数十头牛被木梁砸中，倒在了血水中。

逃出来牛们一个个恐怖地大瞪着铜铃似的眼睛，在电闪雷鸣中左冲右突。

工人们被玉米变腔失音的驱赶的吆喝声惊醒了，一个个窜出宿舍，在大院里手忙脚乱地奔跑着，驱赶牛群。

与此同时，伴随着一声石破天惊巨大的轰响，漂亮的小洋楼在暴风骤雨中轰然倒塌了。奔跑中的玉米被一块飞起的水泥砖块击中了脑袋，一头栽倒进了雨水里……

时令已经进入冬天，王县长成了县委王书记。一场大雪之后，养牛场一片洁白。

躺在医院里的玉米，还没有醒来。

逃离黄昏

她默然地坐在柳荫下，一双忧郁的眼睛紧盯着河水里柳树投下的梦幻般的浅影发呆。河两边夹岸的柳树像两堵绿色的墙，纤细柔软雾一般的柳丝儿随夏风懒洋洋地拂动着。光滑柔薄透明闪亮的河水悠悠地打着旋儿，舒缓地碰撞着垂进水面柔柳的枝梢儿，低吟浅唱地在其间逶迤流淌。

这里没有人声，唯有柳树上单调的蝉鸣和那软绵绵提不起一点儿精神的绿色。虽然高空中炎阳灼灼，但热烘烘的风儿一刮进这醉人的绿色里，也即刻变得清清凉凉沁人心脾了。

不知什么时候，对岸的水边边上出现了几个叽叽嘎嘎说笑着的穿红挂绿的洗衣女人，“嘭嘭嘭”杂沓的棒槌声，在河两边碧翠的绿色里震响。她浑身瘫软无力，极想在着浓重的绿色里昏昏睡去，忘却一切痛苦和悲伤，可越是想忘掉，那痛苦和悲伤却越是缠绕着不愿离去。无声的泪水流下来，流在他桃花一般的生命季节里，流在那个令人恐怖的周末之夜里……

没有月亮，没有风，寥廓的苍穹之上，微弱的星光勾勒出一所寺院作为学校的瓦屋，比夜色还浓重、极玄奥、极空灵、极突兀、极神秘的黑色剪影。既是校长又是三名教师中唯一的一名公办教师的她，在白天当教室、夜晚作寝室的大殿里，改完作业，备好了明天的课程之后，蹲在一只大木盆中洗澡。

在“哗啦哗啦”的撩水声中，木门轰然而开，还没等她从惊惧中转过头来，一股阴风“呼”的一声已将书桌上弱不禁风的油灯吹灭，书本、作业从书桌上惊跌下来，滚满了黑暗的房间。

"谁?"她双手紧抱胸前，变腔失调地惊问道。

一条黑影挟风裹电般地直冲过来，也不答话，一把将她从水盆中拦腰抱起，猝不及防的木盆一个厌歪，"嘭"的一声扣翻于地。

"救……命！救……命！"她拼命地扭动着脑袋，费力地含糊不清地呼救着。

就在黑衣人将要粗暴地进入她身体的刹那间，几近绝望的她拼死一挺，一张嘴狠命地咬在了黑衣人肥厚的鼻子上。

"唉哟！"黑衣人一声惨叫，猛力挣脱，跳下床，负伤而逃。

"抓坏人啊！"她呼喊着，不顾一切地追出门外，死死拖住了黑衣人的大腿……

村人闻声包抄过来，无数刺目的手电光牢牢捕捉在一张因恐惧而变形的面孔上。

"刘三啊，你这挨枪的老光杆儿，你他娘的算啥东西？打，照死里打！"

一条绳子将刘三捆了个结实，在一阵打骂声中，被连夜扭送去了派出所。而她却羞愤地扑在床上放声恸哭……

置身在这让人昏昏欲睡的深深绿色里，想念爹妈的离愁别绪折磨得她求生不得欲死不能。她眼窝里挂满了清泪，孤独地从脚下的草丛里，摘下一朵鲜艳欲滴的小红花，默默地一瓣一瓣地撕扯着。片片如血的花瓣儿，从她冰冷的小手里悄然飘落，颤颤地打着旋儿，洒满了身旁如茵的草地。

与此同时，一阵无情的河风从那堆洗衣女人们中间滚过，一阵阵污言秽语随风而来。

"哎哟，听说了没有？那天晚上，那学校的小妞儿，光着身子和刘三抱在一起。哎呀，抱得那个紧哟……"

"哼，你没瞧她生就的一副迷人的小妖精样，谁家娃儿不上学，她三天两头往人家屋子里钻，一遍一遍地劝人送娃儿去上学。那些整天凶着脸的臭男人们，脸上立时就堆满了色迷迷的笑，鸡啄米一样地点头哈腰，我这就送娃儿去，我这就送娃儿去。娘那个腿的。"

血一样殷红的小红花在她的眼前飞速地旋转、升腾。她咬紧嘴唇，屈辱、羞愤的泪水冲破眼眶，一滴滴摔落在血一样的花瓣上、冷冷的嫩草叶儿上，又颤颤地一抖，滚入草丛里不见了。

高远静谧的蓝天上，炎阳发泄着淫威。一只苍鹰张着翅膀浮在空气中，似动非动，仿佛钉在蓝天上的一块木雕。苍鹰犀利的目光，注视着蜃气浮动的田野和那一溜儿弯弯曲曲的绿色长带，似乎在寻找什么，深思什么。突然间，又惊恐地鸣叫一声，双翅奋力一振，失望地哀鸣着，悲伤地向天的尽头箭也似的飞去……

夕阳如血。中师毕业后主动要求到这偏远乡村工作的她，默然离开了这个众口嚣嚣的是非之地。村子里又是一片哗然，但几天以后，便渐渐恢复了以往的平静。村外的小河依旧是柳雾团团流水悠悠。人们依旧是日出而作日入而息，把汗水和气力洒在生养他们的泥土里，出在繁衍后代的希望里……那座被改为学校极玄奥、极突兀、极神秘的寺院，依然板着一副冷艳孤傲的面孔，与周围的一切默默对视着，一句话也不说。

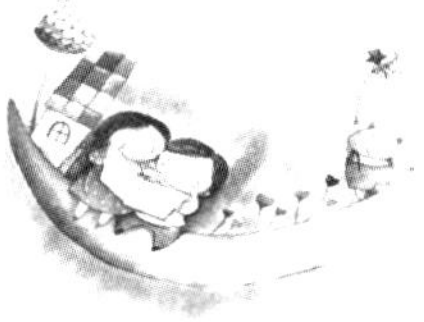

你找梁羽生算账去

“你别找我，你找梁羽生算账去!”我爹说。

村长想不到常日木讷寡言胆小怕事的我爹竟敢顶撞他。村长说，是你儿子打了我儿子，我咋去找梁羽生?

我爹说，这还不明白，要没有梁羽生，也就没有这个书，没有了这个书，我儿子就不会犯贱，我儿子不犯贱，就不会打了你儿子，你说，你不找梁羽生你找谁去?

村长结巴了，我，我我我知道谁是梁羽生?那那那梁羽生是哪里人?

我爹说，香港么，书上写着香港梁羽生么。狗蛋糊着一脸血痂说，是香港，就是香港梁羽生。

村长白了狗蛋一眼，对我爹说，香港香港，那是英国佬霸占的地方，你让我咋去?

我爹说，这我不管，也管不着，你是村长么，你村长去不了，咱平头百姓更去不了。

争吵声引来了村人的围观，有人小声嘀咕，狗蛋骚情哩，想欺负来娃，让书呆子揍了。

村长的脸白了白，愣怔半晌，便不再坚持了，他给自己找了个台阶下，好么，好么，我找着了香港梁羽生，让他赔我一大笔钱，眼气（羡慕）死你!

村长拉上狗蛋气咻咻地走了。我爹朝我挤挤眼，无声地笑了。

这是20年前的风景了。

20年前，我大约15岁。

15岁是个惹事的年龄。

就在那个多事之秋里，城里的表哥送了我一本《七剑下天山》，我爹和我争着看……秋高气爽的季节里，我把那本书看了最少10遍，直看得天昏地暗路不平，满脑子都是飞沙走石惊天地、刀光剑影生死场，心里便极想做一个顶天立地的大英雄。

老师说我毁了，我爹说我迷了，村人说我傻了，看闲书看成一个书呆子圣人蛋了。

我懒得和他们一般见识，整日做着我的英雄梦。

村里的狗蛋和我一般大，仗着他爹是村长，总是欺负邻居哑巴叔的闺女来娃。

来娃13岁，长得花一样水灵。

那天傍黑，来娃去村头麦场上揽柴，一直跟踪于后的狗蛋猛扑上去，从背后一把搂住了来娃，把来娃摔在了柴窝里。来娃又踢又咬。

我正好抳着一筐猪草路过，看了个正着，身上的血一下子就冲上了脑门。我不敢得罪村长，可又想救来娃，就在我急得团团转时，掖在裤腰里的《七剑下天山》硌了一下我的腰。我灵机一动，扔了筐，纵身一个漂亮的飞跃冲上前去，一把揪住了狗蛋的衣领，挥舞老拳砸在了他的蒜头鼻子上。

我直着眼睛说，大胆狂徒，我是大侠凌未风。

狗娃满嘴吐血，滚，管你屁事，你打我？

我继续装疯卖傻，我是大侠凌未风，我要行侠仗义除暴安良！

狗蛋说，滚你妈的蛋，啥球凌大侠！

我直着眼睛也不答话，一招黑虎掏心揍了他一个懒狗晒蛋。

狗蛋憋了半天气，忽然哇的一声大哭起来，你是疯子，疯子，落荒而逃。

我目送狗蛋远去，依然摆着那个骑马蹲档式不动，来娃拉了我一下，我才回去神来。

来娃怕我挨爹的揍，把事情经过告诉了我爹。我爹看看我，没有吭声。后来，村长拉着狗蛋来了，就和我爹发生了争吵……

这场风波虽然后来不了了之了，可我爹的那句经典对白，竟在我们涅阳西南乡广为流传。人们遇上了烦心事，脱口就会精简地套用我爹的那句经典名言：“别找我，你找梁羽生去!”

若干年后，上了大学的我，甚至怀疑流行城市的那句“别理我，烦着呢”，就是，我爹的那句经典的翻版。我要感谢梁先生，是梁先生让木讷寡言的我爹成了幽默名人。

俺的小名叫狗蛋

俺叫姚小麦，在涅阳县城里开了一座最大的“小麦书城”，现在人们都叫俺姚总（经理）。不瞒你说，俺还有个小名叫狗蛋，也就是墨村写的《你找梁羽生算账去》那篇文章里的狗蛋。

前不久，俺从墨村发给俺的“姨妹儿”里，看到了这篇文章，俺老婆躲在一旁捂嘴偷乐。俺那个气呀，这小子为哗众取宠朋友都不要了，把俺的隐私抖擞出来供人取乐，真是羞煞俺了！俺抄起电话就找墨村算账，俺要他为俺恢复名誉消除影响。你想呀，那时墨村和俺虽说都是十五岁，可墨村比俺大了整整十一个月零两天呢，俺这样一个小屁孩懂得什么呀？俺就是喜欢来娃么，俺喜欢那种玩的就是心跳的感觉嘛，说俺欺负来娃，什么欺负？字里行间谁都看得出来那是“性骚扰”么。

俺告诉你吧，其实来娃也是喜欢我的，结婚这么多年，俺和来娃恩恩爱爱，从来都没红过脸哩。不过，话说回来，要不是那次在麦场里墨村说俺骚情欺负来娃揍了俺，俺和来娃后来可能就成不了夫妻了。俺爹拉着俺和墨村他爹吵了架，回到家俺爹问俺，你真的喜欢来娃？俺害怕，又是点头又是摇头。俺爹说，真的还是假的？俺只好说了心里话。俺爹说，那好办！俺是村长么，风尘尘不动树梢捎摇，相思病害上好不了，谁让你是俺的独生儿哩，俺不帮你谁帮你！你以后要学规矩点，别在人前和来娃拉拉扯扯。俺点了头。俺爹就去了来娃家。后来，来娃她爹就成了俺干爹，来娃也就成了俺干妹子。干妹子来娃从初中到高中的一切费用，理所当然都是俺爹掏的了。一来二去，水到渠成，来娃就和俺有了感情，来娃高中毕业后，俺的干妹子来娃，就变成了俺的新娘子来娃了。成亲头一天，俺还给在郑州上大学的铁哥们墨村寄了一包糖果哩。

哎哟，扯远了，俺还是说说那本让俺吃了一顿老拳的《七剑下天山》吧。

那时候，墨村把他的《七剑下天山》整天掖在裤腰里，舍不得借给俺看，俺那个急呀，一天到晚跟屁虫一样地围着他转，听他眉飞色舞地讲凌未风、刘郁芳、楚昭南，回到家又显摆着把听来的故事讲给俺小姑听。

俺小姑大俺七岁，是俺彭村初中的机械打字员，负责油印考试卷什么的。俺小姑也听迷了，非要俺向墨村借这本书。俺说，他连俺都不借，把书都当成金宝蛋了，整天掖在裤腰里。俺小姑想想，笑了，塞给俺一本崭新的硬皮塑料笔记本，让俺送给墨村。墨村受了贿赂就把书借给俺了，但只答应借三天。

那三天，墨村这小子跟丢了魂似的，见了俺总是问，看完没有？看完赶紧还我，别弄脏了。其实，俺和俺小姑一个晚上就看完了，之所以没有还，是俺小姑太舍不得这本书了，偷偷摸摸硬是把这本书一字不漏地打了出来，有些铅字在字模板里找不到，小姑就用手刻。那些天，俺小姑的手指僵硬得连饭碗都端不住。

俺小姑一共油印了两本，送给俺一本。后来同学们要借去看，俺就说俺这书来之不易，俺得收点辛苦费，看一张1分钱！结果俺还与王大头成了仇人。王大头掏了一分钱，俺看着他把一张看完了，眼还斜着往下看，俺用手去捂，王大头一挣，书撕烂了……

那个学期，俺出租《七剑下天下》一共挣了十块三毛零五分。

暑假里，俺小姑说，西南乡街上的书店里开始卖梁羽生的书了。俺就和俺小姑一起去买回了《白发魔女传》、《龙虎斗京华》等，借出去让人看，一天收一毛钱。先是同学借，后是大人借，人们见了俺都是一脸巴结地笑。那时候的俺，比俺的村长爹还风光还牛逼哩。俺暑假作业也不做，整天人五人六地忙着坐收渔利，直到三年后尝尽了出租书本甜头的俺，却吃了高考落榜的苦头。

但俺不后悔，猪往前拱，鸡朝后刨，各人有各人的活法，何必都去挤那条独木桥哩！俺就在西南乡街上摆了个出租书摊儿，每天的收入还不赖。再后来，俺嫌出租书不过瘾，就开始倒腾着卖各种图书，这不，经过十年打拼，俺就成了俺涅阳县城最大一家书店的总经理了。

墨村说他感谢梁羽生让他爹成了幽默名人，那算什么呀？

真正要说感谢话的人是俺哩，你想想，没有梁羽生他老人家，来娃也就成不了俺老婆是不？没有梁羽生他老人家，俺这个彭村里一名不文的狗蛋，十年后更不会摇身一变，成了受人尊敬的姚总！梁羽生才是俺的大恩人哩！你说，俺不感谢梁羽生，俺能感谢谁去？

乡村事件

二十三祭灶倌，二十四写对子……腊月二十三一过，过年的气氛也就愈发地浓了。每年的这时节三叔便成了村里最忙的人。

三叔乃涅阳西南乡彭村小学一民办教师，年届不惑，写一手好字，村里人都找他写对子。承蒙乡邻抬爱，落第秀才有了用武之地，三叔凡来者不拒，陀螺般挥毫泼墨乐此不疲。从祭灶到年三十夜里，虽忙得焦头烂额，仍运笔自如，笔触稳健，龙飞凤舞。

久之，村人习以为常，皆认定这是三叔该做的活，以至后来竟有人将红纸往三叔手里一塞，当起了撒手客倌。可怜三叔分身无术，自裁自写，苦不堪言，一天下来，头晕眼花，骨困筋酥。三婶忙里又忙外，自然牢骚满腹，怨声载道，可这全村的对子，三叔每年仍得照写不误。

如此周而复始，三叔的手笔不知不觉中竟出神入化，达到了笔走龙蛇、挥洒自如、力透纸背、浑然天成的地步，从笔端跃上红纸的字，一个个道骨仙风，充盈着袅袅飞升的灵光秀气。

这年金秋，三叔偶然从报刊上看到一则全国书法大奖赛启事，脑瓜一热，挥笔将他几十年来照写不误的一幅对子定了型，寄去参赛，谁料竟中了一等奖。当三叔怀揣万元奖金回村的第二天，一辆辆颜色各异的小轿车，纷至沓来，各路记者的长枪短炮齐刷刷对着三叔噼里啪啦一通乱射，围得三叔没有喘息的机会。当天的《涅阳晚报》头版头条刊发记者采写的长篇通讯，还配发了三叔捧着奖杯和获奖证书的照片。记者的生花妙笔称三叔是书坛新秀、书法怪杰，是造诣颇深隐居民间的书法大家，就连当晚的电视里也出现了三叔憨厚的特写镜头……

小村登时就炸了，人们面面相觑，惊叹不已。

腊月二十四，三叔早早收拾好笔墨，将书桌、凳子搬到了当院，并摆上香烟、糖果、花生之类，以接待走马灯似的来找他写对子的众乡邻，然而，几天过去，小院里连个人影都没有。

那天，坐在院里的三叔突然听到邻居黄老五家传出极力压抑的训斥，混小子，你你你，你不能去！他不是你从前那个三叔了！人家现在是名人了，听说写一个字，要卖上千块哩！不是与咱坐在一个板凳上的人了！三叔闻听，腾地一下站起了身。三婶一把拽住了三叔，你干啥？干啥？离年三十还远着哩，人们都忙着办年货，指不定一会儿，来求你写对子的人要挤破咱家门槛呢！

三叔颓丧地一屁股深埋进太师椅里，院门外有个风吹草动，就高高地支棱起了耳朵。可盼来盼去，直盼到除夕夜家家响起了震耳欲聋的爆竹声，三叔这才大失所望，心灰意冷，懒洋洋草就好自家的对子，胡乱往门上一贴，年夜饭也不吃，身子往床上一撂，蒙头而睡。

大年初一，村子里到处漾溢着盈盈喜气，人们穿红着绿，一堆堆簇拥着打情骂俏，尽情戏耍，一见笑眯眯走来的三叔，便极不自然的远远地毕恭毕敬站定，受宠若惊地朝三叔行着的注目礼。三叔浑身鸡皮疙瘩骤起，偷眼留意各家的对子，大都是些胡乱拼凑令人啼笑皆非的词句，有一家单身汉竟别出心裁地在两缕儿红纸上，用倒扣的大碗，拓下了两行对称的圆圈……

面对村民们生生的眼神，三叔犹如丢了魂儿，一溜趔趄进了家，关起院门，兀自把酒弄盏。他弄不懂，乡亲们何以要孤立自己呢？醉眼蒙胧中，眼睁睁见供桌上的奖杯由小变大，瞪着猛兽一样的凶光，兀自朝自己张牙舞爪……三叔一个冷惊，起身抄起了奖杯，顷刻间，院门石阶上一声爆裂，满地碎银。

与此同时邻居黄老五家的音响石破天惊般轰响起来，疯狂的摇滚乐中，一个男人嘶哑着破喉咙歇斯底里唱着："天上有个太阳，水中有个月亮，我不知道，我不知道，我不知道噢……"

一连串的"不知道声"里，大年初一拜年的仪式也跟着来了。

首先进门的是邻居黄老五，人未进门，热情洋溢的恭喜声就进了屋："三叔，恭喜啊，恭喜啊，过年好啊，过年好啊，哈哈，哈哈哈。"

黄老五的身后，跟着进来一溜儿人。今年的拜年的气氛，可比往年要热闹得多咧。

说不出口的故事

四叔的孙娃桂儿和已故队长黑蛋的闺女霞儿谈上了，俩人如胶似漆，准备腊月里结婚。郎才女貌，山民们都高兴得合不拢嘴。然四叔拄着拐杖敲地山响，又哭又闹寻死觅活硬是不同意。山民们面面相觑，不知四叔究竟犯了哪门子邪，要生生拆散这对鸳鸯。

桂儿求爷爷成全他们的好事。四叔装聋卖哑就是不吭声。这当儿村头正好漂来一群羊，放羊的甩着羊鞭在野腔野调地吼：“手里头攥住妹手手，脸脸羞成个红石榴。想着妹子你就嫁了我，该咋说出口，话也不敢个啦，急死哥哟！前二年吃面没啥油，现如今早把瓦房修……”四叔翻眼瞅瞅愁眉不展的孙娃桂儿气就不打一处来：“唱唱唱，一个男人家有啥好唱的？没见过女人咋的？一点成色也没有！”

桂儿往四叔跟前凑了凑：“爷，法律上规定近亲不准结婚，我和霞儿不是近亲，可是受法律保护的！”四叔两眼瞪得滴溜儿圆：“结不成就是结不成，咋？”

原本挂着白面馍一样的大太阳，眨个眼，吧唧一下就没了影，好好的一个天，说黑就黑了。桂儿把晚饭端给四叔，四叔摆摆手一声长叹钻进了被窝。山里的夜静得出奇，偶尔有几声看山狗捕风捉地叫，单调得人心里凄惶。

四叔听着隔壁桂儿不住的翻身声，嘴里嘟哝着“结不成就是结不成”，魂儿便悠悠荡荡离了躯体。

那年代，秃山簿地，山里人那个穷哟。年轻人凡家庭条件好的，都是姑表姨表结亲；次一点的，家里有兄弟，能给老大娶个女人，那也得有老二的份儿，这似乎成了不可言传的规矩。山沟沟里单身汉多着呢，就像沟里的石头蛋子和山上的那些草。

四叔和四婶是姑表亲，四婶早死，撇给男人一对憨儿。四叔有能耐，抠筋扒骨竟然给大儿子娶回了一房媳妇。媳妇叫改花。是四叔邻沟相好的老闺女，不算能，模样却俊。冬天，生产队活不忙，媳妇改花帮公社收购站往山下扛木料，一斤一厘五钱，八十多斤重，翻“鳖爬崖”，攀“猴上天”，一上一下六十里，一天下来，倒也能挣个块儿捌角。钱结了，有人劝改花掏五分钱买个烧饼或一碗糊辣汤，给身子垫垫底加加油。她冲人憨憨一笑：“俺不呢，俺有黑窝儿（红薯面馍）。俺老公公说，钱留着买统销（粮），过年让我吃大白馍，想吃多少是多少！”

四叔家草房两间，躺屋里能数天上的星。堂屋靠后墙修一锅台，灶边放一烧锅时坐的二尺来宽四尺来长的长矮凳。进了角屋门，里间靠窗有一柴床，只能睡一人，碰一下“吱嘎”呻吟，这是四叔的领地。绕过几口盛着红薯干、红薯面的三尖不圆的泥巴大缸，后墙边还木木地蹲着一黑不溜秋的泥巴大床，上边有一缺边少沿的烂席片儿，烂席片儿上懒懒地斜卧着一条分不清里外的脏兮兮的被卷儿。这是改花和憨兄弟的乐园。

那日，四叔耐不住去串亲家，闲话排久了，天也就晚了，便理所当然地没回来。

黑蛋原不是山里人，是个外来户，几年前在山外不知犯了什么事，携家躲进山来住到了沟尾，而今人模狗样地干上了生产队长。黑蛋好色，见了稍有资色的女人就拉不动腿，人送绰号“山混子”。

那晚，黑蛋拨开门，从憨兄弟的夹缝里抱走了改花，把改花捺在了灶前的长条矮凳上。改花起初不情愿，后来身子却在下面快活地扭，嘴里还一个劲地“嗷嗷嗷”。长条矮凳渐趋急促的呻吟声，终于唤醒了迷迷糊糊的憨兄弟。两兄弟你摸摸我我摸摸你，这才发现女人不见了。穷，点不起煤油灯，憨兄弟摸索着朝发出声响的地方走，嘴里还异口同声一个劲地嘟哝：“花儿，你你你，你弄啥？大没在家，你没吃饱饭，饿得肚子疼了？”

黑蛋大胆地干完事，凑着改花耳朵说：“今儿黑这事你可别给旁人说，说了，明儿个我可不给你发工分！要听话，今年的统销我给你家多分点，让你过了腊月，天天都有大白馍吃！”说完，提了裤子大咧咧窜出门去。

憨兄弟冷不丁被吓了一跳，生怕改花跟着黑影也跑了，死死抓住不放。老大闷声闷气地问：“刚才那个男人是谁？”老二揉揉眼屎：“不说揍你！”改花怕挨打，便照实说了：“我我我，我当是谁哩，谁知是黑蛋。”

第二天，四叔美滋滋哼着山歌“拉着妹的手亲着妹的口”回来了，得知此事气歪了脸，要找队长黑蛋算账，但左右壮不起胆。四叔恼怒地一脚踢翻了长条矮凳，蹲门口抱住长杆烟袋“叭叭叭”猛抽了一阵“槲叶烟”，最后，终于蔫了，自言自语道：“算球了，这又不是面缸里的面，挖一碗显个坑儿，事戳出去，也就是那么一回事，丢人的还是咱！”

四叔想到此，威严地磕去烟灰，然后站起身朝滚在一起“哧哧”傻笑的一对憨儿吼：“操你娘，老子不知咋积德生下你们？都他娘的给我憋住！”四叔骂完，对着白面馍一样又白又暄的大太阳很响地打了个大喷嚏，伸手揉揉鼻子，嘴里也不知又咕哝了一句啥，烟袋往裤腰里一塞，扔下木愣愣一对憨儿，冲冲地朝队长黑蛋家走去……

这以后，黑蛋照旧来，四叔睁一眼闭一眼，家里从此再也没有打过饥荒。后来，儿媳改花就怀了崽。再后来，就有了孙娃桂儿，还是队长黑蛋送来了30斤白面和10块钱，让改花过了一个肥肥实实的月子……

十几条发情的看山狗争风吃醋的混乱撕咬声，将四叔的魂儿倏地惊了回来。四叔冷不丁打了个颤。天明了，早起出山的放羊人又开始粗犷地唱起来“想亲亲想得我手腕腕那个软呀呼嗨，拿起个筷子我端不起个碗呀哟”。

“唉，报应呀！”四叔抬手扇了自己几个大嘴巴，老泪纵横，愣怔良久，这才用手背擦擦眼，少气无力地朝着隔壁还在翻身不止的桂儿说：“桂儿呀，你过来，爷，爷有话跟你说！”……

飘飞的红丝巾

寂寞广袤的旷野里，东北风刀子样“嗖溜溜”地窜。细密的雪豆儿硬如沙子，斜斜地溅射，击在桂子脸上麻辣辣地疼，桂子着力一刹腰间的牛皮裤带，倔倔地一抖身子，满身的雪粒儿便愤怒地呈抛物状甩落开去。

桂子叉开双腿依旧牢牢地紧盯着英子的脸。

英子身材窈窕，一块火红的红丝巾勒在白瓷般直晃人眼的脖颈上，好看的瓜子脸上，一双秋水般水灵的凤眼一眨不眨地望着迷离的雪天。

“英子，跟我回厂吧！”桂子艰难地吞咽了一口唾沫说。

“不，我已下定了铁心！”英子依然望着天。

“求你了，这24K的金项链你不收，我就先替你保管着，等新婚夜我亲手戴你脖子上。”

英子身子一晃：“我说过，咱俩的事彻底结束了。你在饮料里下药弄脏了我，我我我，我恨不得杀了你！”

“你看……你看，看你这人，咱都订了婚，那事不就是个时间早晚？值得你……”

“你不是人，你是畜生！”

“其实……其实我也不想那个，只是我老见你往良子的住室去借书，我这心里就发虚，良子算个啥东西？不就是个大学生么？不就一个乡中的教书匠么？大学生算个屁，前不久报纸不是说，清华的一个博士毕业生，还上街卖猪肉呢！他不就是比咱多念了几年书么？不就是一个光会写写画画的小白脸么？除了这，我不比他强百倍？我厂子里一个月的收入超过他干一年！”

“哼，你是不简单，你是大老板，你有小汽车，你有小洋房，你有花不完的票子。可我不稀罕，不稀罕！我图的是一个尊重我的人！”

桂子收回目光，嗫嚅着说：“英子，跟我回去吧。结了婚，我天天把你当菩萨供着，一日三餐，由保姆侍候着，想吃啥就做啥。白天你没事，就听听音乐玩玩电脑，或去商场转转，买些衣服，无论多贵，只要你喜欢你就只管拿。晚上我陪你看完电视就给你洗脚铺床……”

“桂子，求求你放过我吧！你有钱，世界上好女子多的是，任你挑，任你选。你很能干，我打心眼里佩服你。你喜欢我，我很清楚，如果不发生那个事，说不准我就真的死心塌地地跟了你，跟你睡觉，跟你生娃，跟你……可那个事已伤透了我的心！直到这时，我才可怜地发觉，你不懂得啥是个爱！你不懂，你完全不懂！”英子泪水冰冷，双手紧紧地捂住了脸。

风大了。不远处，一条破裤带一样的小河两岸，白雪臃肿，细长黑暗的河水愈发瘦弱。一棵铜枝铁干的老树上，一团雪块无声地落下来，软软的，听不到一丝声音。一个裹着雪沫呈塔形的旋风，急急地从桂子身边旋过去，雪沫子打进桂子的脖子里。桂子打了个冷颤。桂子发觉自己的双脚冰冷如柱，他看看英子抽动的双肩，心里悔得要死。

“英子英子，你莫哭！”桂子哭出了声，“我承认，我是不懂啥是个爱，你一进厂，我第一眼就看上了你！我是打骨子里喜欢你呀！别的女人我一个也看不上。乡长的女儿死皮赖脸地缠磨我，给我写了十几封情书，我拆都没拆都点火烧掉了……”

英子缓缓松下了手，望着丧魂失魄的桂子，泪流满面：“我知道，我全知道，你你你，你快走吧！”

“不不不，我不走，你是我的！是我的！”桂子号啕如雷，猛然，他义无反顾地扑向英子，将英子单薄的身子紧紧地搂在了怀里。

“叭”，一声脆响，清醒了的英子奋力从桂子的怀抱中挣跳出来。

桂子捂着脸，睁大了困惑的眼睛。

“走，你走！”英子浑身发抖，“我不会原谅你！那个事已成为我生活中可怕的阴影，我不会和你结婚的！你死了这条心吧！”英子一边说，一边毅然转身，向远处的村庄跑去。

桂子呆若木鸡地紧盯着那团逐渐消失在曲曲弯弯滑进村庄的那条小路上火红的飘飞的红丝巾，突然双腿一软，“扑通”一声，跪在了雪地上，厚厚的积雪慌慌地呈迸射状四溅开去……

与此同时，雪天迷离的旷野里便久久回荡起一支时断时续粗犷悲壮催人泪下的老歌：

我不想你天知道，

泪蛋蛋和泥盖起了一座庙……

网中人

父亲五十大几，一只船，一张网，几十年闯荡江湖，为我和母亲挣下了几十万元的家产，在白河百里水道上无人不晓。

父亲的船很普通，而网却金贵，说不清是用何种材料制作的，似线非线，网结柔韧有力，从不断裂，更不用修补。是人称河神的曾祖用过的，曾祖死后，传给了祖父，祖父拥有了这张网也英明了一世，再后来，祖父仙逝了，便又传到了父亲手上。

这网很神秘，不愧传世之宝，平时，和一般网相比并没有什么奇特之处，可一旦烧一炷高香后随船下水，就宛如长了眼睛、施了魔法，成群结队的鱼儿会大模大样地围拢来，憨态可掬地被这网扣个正着束手就擒。待把沉甸甸的大网提上船舷，鱼儿们居然讨好似的扭动着肥硕的腰肢，浑然不知进了这网已再也回不去了，依然蹦跳着疯狂的迪斯科，白肚皮暧昧地翘来翘去，如现今泛滥城市的女性着装——露乳、低腰、露背、露股。它们你蹭一下我我贴一下你，目光放电得意忘形。

网中鱼傻得可怜，作为渔人要手下留情万不可贪心。父亲牢记祖训，每次出船，仅打三网。父亲爱子如命，从不让他正在读书的独生儿子到船上去，更不许触摸那张祖传的网。父亲一生与船网厮守，生性耿直，集渔人粗犷豪爽于一身，视钱财女人如粪土。

五里之遥的小镇有一鱼贩，乃一四十出头的女人，略施粉黛，风韵犹存。父亲每次鱼满上岸，第一个便保准遇上她。父亲仰面撂倒在河岸上狠命地抽着烟，将满身的疲惫一圈圈奋力吐出，一船的鱼儿全由那女人说了算，无论贵贱，一股脑儿全给了她。

这年的冬天，呜咽的河风铁硬铁硬，昏暗的云正沉沉地笼在河面上，父亲哈着僵硬的老手撒下了网，那网好沉。父亲惬意地微睁两眼正准备叉开双腿收网时，一股遒风却在父亲的背上猛力一推，父亲一个趔趄，一头跌入刺骨的水中……

事后，父亲想：都多半截入了土，况又吃穿不愁，何不闲下来快活快活？于是，便扣了船不再打鱼，而那张有着辉煌历史的网，却高高地悬挂在了神龛旁，每逢初一、十五，依旧摆上肥嫩诱人的猪肉，燃上紫雾袅袅的香炷。

不打渔，无事可做，父亲买回一辆雅马哈，清晨跨上进镇，傍晚骑着回村，周而复始。一日，忽遇女鱼贩，叙起旧事，鱼贩潸然泪下，为感谢父亲往日的关照，邀请到家中小憩。进得屋去，父亲方才发现女人竟是独身，心里莫明其妙地颤栗了好一阵。

一而再，再而三，天长日久，父亲每天来镇，便必被女人请去喝茶，两人越聊越近乎，大有往日虚度之悔。一天不见，彼此便觉得丢了点儿啥，以至父亲心猿意马，一发而不可收，竟迷迷糊糊与女人云雨了几番。父亲从此容光焕发，简直年轻了十岁。

这日，父亲又应邀而至，缠绵过后，女人起身给父亲烧了一碗滋补的荷包蛋。父亲幸福得喜眉笑眼。女人偎在父亲怀里，柔声妩媚地告诉父亲：我怀孕了，咋办？猝不及防的父亲来不及把一口嚼烂的鸡蛋下咽，一个愣怔，整个人就一下子僵了。

一阵剧烈的咳嗽过后，父亲这才呜呜哝哝地说要陪女人去县医院。女人闻听原本喧腾腾写满幸福的圆脸，哗一声，吊成了一只松垮的猪尿泡，不不不，这是咱的精血，要打掉，我只有一死！

一弯冷汗从父亲的鼻尖上倏然坠落，摔散在他搂着女人的右手手背上，几根手指无声地轻颤了一下，就像一只突遭雨袭的蝴蝶，被雨鞭拍向地面时的那一抹儿徒劳挣扎。父亲央求回去思忖几日再做答复。松垮的猪尿泡扑棱一声圆润成了一只彩气球，女人立刻搂紧父亲，在父亲木然的脸上浪气十足地啄了一口，与父亲限定了见面日期后，这才泪眼相望着依依惜别。

父亲回到家里，如霜打的茄子，蔫头耷脑没有了一丝儿精气神，一双眼睛灰暗无光，无助而孤独，与我和母亲的眼睛稍一碰触，立马萎缩成一汪茫然。一个人整日就那么紧盯着挂在神龛旁的那张网痴入非非地出神，不吃也不喝。

我和母亲惶恐之极，商定立刻送父亲去医院检查。当我们慌慌张张雇来了出租车时，却发现父亲连同挂在神龛旁的那张网双双失踪了，而木船仍躺在天井的角落里呼呼睡得正酣。

全村震惊，纷纷出动，找遍了沟沟汊汊，寻尽了旮旮旯旯，仍踪影皆无。母亲让人心碎的哭泣，催逼着我狂奔于空旷的天穹之下……

夕阳如血，万物木然。狼狈不堪的我突然发现我家的祖坟园里冒出了一团烈焰。等我趺趺撞撞扑到近前时，一下子竟惊呆了。

烈焰发自一张噼叭作响面目全非的渔网。父亲歪跪在祖父的坟边已七窍出血，一双木鱼般大眼，死盯着满天缠满带血绷带的阴郁云朵，一眨也不眨，两只青筋突暴的老手扎煞着，直直伸向高高的苍穹，像要撕破什么似的。一瓶1059剧毒农药痛楚地翻滚在坟地一边，神情呆滞地盯着一动不动的父亲出神，瓶嘴里流着的一线水痕明晃晃刺得人眼睛生疼……

两天后的黄昏，当猩红的落日沉入灰白的河面时，从小镇上传来了一条消息，一个独身的老姑娘死了，喝下的也是一瓶1059。

过把瘾

年终单位评先，我们科又分到两个名额。依照每年惯例，仍非H君和W小姐莫属。因H君是局长的妻侄，W小姐乃书记的千金，况评上先进工作者还可得到五百元的奖金。此等好事，平庸之辈岂能觊觎？科长紧抓这讨好上司的机遇，在大言不惭一锤定音地敲定之后，便例行公事地敷衍着鼓励下属们发表意见。

其实H君与W小姐的年度工作实难恭维，但事已至此，众人虽如鲠在喉，也不便一语道破，只有保持沉默。如此年复一年，实属欺人太甚，这样的所谓民主简直是强奸民意。我实在有点忍无可忍。

老于世故的科长已发现了我的企图，笑眯眯地对我说："俗话说得好，金无足赤，人无完人。H和W同志的年度工作还是蛮优秀的嘛！小金，你说是吗？"这招杀手锏可真他娘够阴毒的了。

我装作迷惑，顾左右而言他答非所问："嗨哟，怎么都不说话呀？屋子空气太闷了，我给大家讲个笑话吧。"于是不论科长同意与否，便开始了即兴演说。

我说，我有一位作家朋友，他的眼睛高度近视。那天，朋友回乡下看望母亲。母亲见儿子熬夜写作身体瘦弱，很是心疼，临走，要儿子把家里的一只老母鸡带回城煲汤滋补。母亲态度坚决。朋友执拗不过，只好怀抱母鸡朝镇里车站去。

路上，一个汉子扛着一只羊羔走在朋友前边，大概要去镇街上出售。走着走着，雪白的羊羔在汉子的肩膀上，拉下了一串黑亮的珠子样的粪蛋，蹦蹦跳跳洒下了一长溜儿。朋友见了，以为汉子扛的是一条盛满粮食的白布袋，忙高声提醒道："喂，这位大哥，你布袋里的黑豆漏了！"

汉子闻听，前后望望，有点丈二和尚，待发现肩膀上正在拉屎的羊羔，立刻恍然大悟，便没好气地嚷道："瞎咋唬啥哩？看你那啥眼呀，还玩鹰哩！"敢情这位汉子也是个近视眼，他把朋友怀里的母鸡错当成了一只驯养的鹞鹰了……

故事戛然而止。众人稍一愣神，随即哄堂大笑，连声大喊过瘾。惟科长和H君、W小姐目瞪口呆，三张脸霎时变成了猴腚。

白发亲娘

被风追着，被雨淋着，脚步匆匆的我，是这座他人的城市里狼狈的漂泊者，攥得手心冒汗的那块硬纸牌，是抚慰我辘辘饥肠和浮躁之心的沉重的介绍信。那上面写满了推销我自己的文字说明：安装门窗、修理下水道、清洗抽油烟机；钟点工也可，吃苦耐劳，价格低廉。

盛夏，凉爽豪华的包间里悠然啜饮的男人不是我；隆冬，温暖舒适的酒店里喝酒吃肉的肥佬不是我……在岁月高扬的皮鞭下，我是一头绷紧脊背拉犁的牛，我艰辛的四季生活里，注满了泥泞和汗水，为了远在天涯的那个家，我需要钱！

机会终于降临了。那个闷热的夏日午后，疲惫不堪游走于大街小巷的我，碰到了一位体面的客户。他的满脸油光和啤酒肚上的名牌服装让我眼馋。男人说，跟我走吧。我于是兴奋地搅动着酸困的双腿，随男人进了一栋大楼。

爬上六楼，男人喘息着打开了一扇门，屋内杂乱无章，还有一股一股的异味冲得我倒噎气。男人手捂鼻孔，把我引到了卫生间。我伸头一看，立刻毛骨悚然吓出了一身冷汗——冰冷的白瓷砖地面上倒卧着一个瘦弱的女人。

女人大约六十上下，头发干枯而灰白，一双混浊的暴突的老眼可怕地紧盯着我，虚浮的唔啦声从黏湿的地面上无力地升起来。我听不懂她的语言。老女人浑身的衣服沾满了稀黄的恶臭。一副拐杖横卧一边，散发着冷冷的金属光泽。我的牙齿有点打颤：“她……她是谁?”我说。贴在我身后的男人极不耐烦地翻了我一眼：“废话，查户口吗？她是我妈，已偏瘫三年了，如厕都不会，拉得满身屎尿，熏死人了。又一个刚请来的保姆，也被她吓得不辞而别了。唉，你快点把她收拾干净吧。”

我的心一下子抽紧了，不顾一切地冲进去抱起了老人……

我帮老人换了衣服，用温水仔细地洗了老人的手脸，还自做主张地剪去了她长长的指甲，然后把卫生间冲洗干净，洗净了老人换下的那身脏衣服。男人始终站着没动，话也不说，只是阴着一张脸。就在我用十指帮老人梳理了一下蓬乱的灰发准备离开时，我看见了老人眼角滚出的两行浊泪。

男人递给我一百元钱：“兄弟，不用找了，打工不易啊，我见不得可怜人！我单位里还有事，我得走了。”一个连母亲都不尽孝的人，还能指望他能爱谁？我不知从哪里来了一股无名之火，脱口吼道：“收回你的钱，别弄脏了我的手！”便泪水飞溅着冲出了屋门。百感交集的我想起一位作家说过的话，钱挣得再多，也买不来对母亲的孝心，“孝”是生命与生命连接处的链条，一旦断裂，将永无连接。

一瞬间，我猛然想起自己已整整两年没有回家了！泪眼模糊中，我的耳畔立刻回旋起了毛阿敏深情、婉转的歌声：“噢妈妈，烛光里的妈妈，您的腰身倦得不再挺拔；噢妈妈，烛光里的妈妈，您的眼睛为何失去了光华……”如泣如诉的歌声渐行渐远，我的目光穿越时空，仿佛看到我那盼儿心切的白发亲娘正手扶拐杖，斜依在村口那棵累弯了腰身的老榆树旁，望眼欲穿地守望着飘带一样细长瘦弱的乡间土路，站成了一幅盼儿回家的揪心风景图……

我在心里不停地呼喊着，娘，我要回家！我要牵着您老的手！直到永远！

我在城里当枪手

我抱着一摞发表于各类报刊的文学作品集在城市里穿行，一心奢望着能在这座别人的城市里，谋得一份体面的职业。可许多公司对我不屑一顾，他们不听我毛遂自荐，还朝我翻白眼。我并不气馁，我相信我能遇到伯乐。

终于，一家公司聘用了我，老板很看得起我，每月开给我1500元的工资。我的主要任务便是每月给他们写一则极具诱惑力，让人看一眼就想入非非欲罢不忍跃跃欲试的招聘启事。这对于玩惯了笔杆子的我来说，简直是小菜一碟，不消片刻便可挥手而就。因此，每个月我还能轻轻松松地写一些小说、故事之类的文章拿出去发表，赚取一笔笔不菲的稿酬，日子过得很是滋润。

我供职的这家公司，其实充其量不过是一家手工作坊，专门加工一些鸡零狗碎的手工艺品。但麻雀虽小五脏俱全，公司里形同虚设的十几个科室，门旁的铜字招牌金光四射煞是惹眼，让人小瞧不得。车间里的工人们，其操作技术无须培训，明眼人看上几分钟就可搞掂，半个小时后，便能熟练操作稳当师傅了。他们每个人月基本工资400元，多劳多得，超额有奖。但比起我来那可就差老鼻子远了。我为此时常沾沾自喜，走起路来自然是挺胸凸肚气宇轩昂，再没有了初入城市到处碰壁时，那份胆战心惊迈不开双腿的尴尬样了。

这座日新月异的新兴城市，吸引着四面八方拥来争相淘金的各色人等，满大街的打工仔、打工妹没头苍蝇似的，乱窜乱纵比比皆是。深谙此中无限商机的公司老板，每月都要新招一批工人，试用期一个月，试用期间管吃管住，期满合格可转为正式员工，享受一切优惠待遇。可在我有限的印象中，合格者简直连凤毛麟角的边都不沾，百分之百在月尾的几天内，便被各种不容置疑的理由，陆续给辞掉了。因此，车间里除了十几个熟头熟脸的工人骨干外，其余人等便走马灯似的被换个不停。

每当我望着卷铺盖走人的打工仔、打工妹们那一脸的迷惘，和老板油光可鉴的胖脸上那份狡谲的得意时，我的心便被一枚无形的芒刺深深刺疼。直到此时，我方才明白我这个所谓的秘书，不过是老板为赚取高额利润而雇用的“枪手”而已。我对老板如此骗取无偿劳动力的伎俩深恶痛绝，但却又抵御不了那每个月轻松而得的一沓子钞票的诱惑，只好做贼一样地躲闪着打工仔、打工妹们那无助而失望的眼神，背负着良心的谴责，继续为老板充当“枪手”。如此绵绵无绝期的周而复始，愈来愈重的矛盾心理，像一只穷凶极恶的硕鼠，将我疲于招架的心啃噬得鲜血淋淋，折磨得我寝食难安，终日神情恍惚。

又一个月即将过去了，当我又一次遵照老板的授意，用生花妙笔起草一份绝妙诱人的招聘启事时，不料，却一下子文思枯竭了，昏沉沉的脑袋像装进了一盆粘稠的浆糊。我将风油精涂抹得满脑袋皆是，努力克制着混乱的思绪，强打精神，搜肠刮肚，终于用坚硬的双手敲击出了一份文稿。我知道老板这时候正在等待着我呈交给他最后审阅。我来不及细看，便扫描、打印、关机，然后抬手敲开了老板办公室虚掩的门。

弥勒佛般的老板坐在真皮转椅上，为我的工作效率叫好不迭，就在他喜滋滋接过文稿刚看了一眼时，却突然脸色蜡黄，“腾”地从老板椅上蹿了起来。暴跳如雷的老板抖着一只手指，隔着老板桌直直戳向我了的鼻尖，气急败坏地怒吼道：“你你你，我每月给你一千五百元，就让你给我写一份招聘启事，你你你，为什么还要揭我的老底？你到底安的什么心?”

恼羞成怒的老板将手中的文稿朝我劈面摔来。脱手的文稿犹如一只突兀受惊的蝴蝶，在半空中扇动着慌乱的翅膀，终因惊吓过度，疲软无力地无声跌落在我的脚下。

丈二和尚的我被这突然的变故弄得晕头转向手足无措。我稳稳心神，惶惑不安地捡起那份文稿，定睛一看，立时惊出一身冷汗。

天哪，这可真是忙中出错，要了我的命了，我怎么竟把“招聘启事”

的题目，鬼使神差地给写成了“招骗启事”了呢？

事已至此，任何解释已属多余，倒不如弄假成真一错到底的好。于是，我理直气壮地冲胖脸已变成了紫茄子的老板骂了声粗话，真他妈爽啊！便潇洒地甩门而去，结束了我为期半年有余的“枪手”生涯，挺身走上了熙熙攘攘人声鼎沸车流飞泻的大街，重新开始在这座城市的夹缝里，艰难寻求真正的伯乐……

夜红唇

许多年后的今天，回想起那个飘满黄叶的深秋季节，往事的碎片在记忆的仓库里翻飞碰撞，它们犹如挣离母体的落叶，扇动着慌乱的翅膀，在十月的天空里惶遽鼠窜，最终徒劳地飘落在冰冷的水泥地面上。我注视着其中的一片落叶，那片落叶充盈着，逐渐无限放大，我清晰地看到了往事的脉络。

五年前的那年秋月，我在东莞一家广告公司里做文员，我设计的十几个创意为公司挣来了滚滚财源，年届而立风流倜傥的老板曾多次暗示准备提拔做他的助理。

那天下午，我受老板指派，赴羊城迎接一位重要的客户，等接到客户时已是华灯初上了。这客户姓王，是位身材苗条模样俊俏气质高贵的少妇。

按照王女士的提议，我们进了一家酒吧在舒缓的施特劳斯《蓝色多瑙河》的音乐声中，款款而坐的王女士饮酒的姿势非常之酷，昏黄的烛光下，葱样的蓝花指轻拢着透明的高脚酒杯微微晃动，红色的透明液体在玻璃杯光滑壁沿上轻柔流旋，小巧的鼻子凑近酒杯，陶醉地闭上眼睛轻轻嗅着，然后，这才轻启朱唇优雅地啜上一小口。我似乎很透明地看到了那红色的汁液在她的红唇白齿间悄然渗透，在柔软粉红的舌底下柔嫩滑行的特慢镜头。

这种高雅的非常专业的过程，迅速在我的双眼中幻化成了侯孝贤随便某部电影里的背景长镜头——在柔情的背景音乐的催眠下，我敏捷地感触到了那顺着血液缓缓蔓延至四肢百骸的韵味悠长的酒香，在慢慢发酵慢慢挥发的细节。一种微醉的感觉使我的肉体沉浸在了曼妙无比的欢娱之中。

王女士就这样精神贵族般地浅斟慢饮着，渐渐地，白皙的脸蛋上飞上了一抹淡淡的红云，明亮清澈的眼睛更加妩媚迷人了。摇曳的烛光暧昧地透过鲜红清冽的酒液折射而出，就像她眼睛里的一泓醉意，充满了诱惑。这场面很容易让人滑落到一个老套的小说情节里去：美丽单纯的少女酒后失态，或哭或笑或疯颠，使一个一直在旁边偷窥她的不怀好意的男人乘虚而入，从而上演了一出酒后失身的悲剧。

心猿意马的夜已经深不可测了。随着一瓶红酒的告罄，王女士便蛇腰无骨烂醉如泥了，一边手舞足蹈，一边莫明其妙地呢喃着傻笑不已，温柔的腰身轻歌曼舞有意无意地一次次与我的身体亲密接触，并逐渐得寸进尺长驱直入。手足无措的我只好半依半抱地搀扶着她在一家酒店里开了两间房。

等我好不容易安顿她躺在床上欲回房休息时，王女士却忽然伸展玉臂蛇一样地勾住了我的脖子，不嘛，你别走，陪陪我好吗？诱人的女人体香温热地直扑我的面门。我禁不住万虫钻骨浑身燥热，但理智告诫我，她是我尊贵的客户，我不能乘人之危，更不能对不起我远在内地一直深爱着我的妻子。于是，我灵机一动说，王女士，我给你倒杯水来，趁机抽出了身子。

等我端来一杯凉开水，却被眼前的一幕惊呆了：脱得仅剩下一件薄如蝉翼性感内衣的王女士，慵懒地斜倚在席梦思床头，正痴痴地充满色情地直盯着我。她的嗓音嘶哑，不停地向我倾诉她的老公如何地不负责任，十天半月都难得回家一趟，整天在外面拈花惹草风流快活，把偌大的公司撂给她一个人料理。她说，她感觉很累，极想浑身轻松地把自己撂在男人坚实的臂弯里沉沉入睡。

“噢，我真的好难受好难受。我不怕你笑话，我是一个女人，我离不开男人的滋润，没有男人的日子，我一天都受不了。今晚你就要了我吧！”欲火难禁的王女士酒壮色胆赤裸裸直奔主题。这样的场景仍然使人极轻易地联想到老套小说里的熟悉场面，一个情场失意急欲红杏出墙的年轻女人，朝她看中的男人不停诉说着自己的婚姻如何不幸，然后顺理成章地达到了颠鸾倒凤的情节一样。

面对散发着阵阵幽香如此美丽的女人胴体，头晕目眩的我不可抵御地心旌摇荡起来，并再次产生了一种企图犯罪的欲望。我的呼吸开始急迫，脸面发烫，双腿一个劲地战栗不已。就在我丢开茶杯即将滑落惊涛拍岸的欲望之海时，一个声音猛然在我的耳边响起：贪如火，不遏则自焚；欲如海，不遏则自溺！我浑身陡然一个激灵。贲张的血管渐趋平缓了下来。我结结巴巴语无伦次地说："对对对不起，你醉了。"便脚步踉跄地落荒而逃。

二日清晨，我礼貌地敲响了王女士的房门，准备与她一同赶回东莞。然而，给我打开房门的竟然是穿着睡衣的我的老板。

我惊异地瞪大了眼睛，你你你……

老板一副漫不惊心样，哈哈哈，怎么样，傻眼了吧？没有什么的啦，你前脚走，我后脚就跟来啦。

这时，已起床化好妆束的王女士晃动腰肢笑眯眯地走了过来。老板顺手一揽她的细腰朝我神秘一笑，墨先生，别不好意思啦，我给你介绍一下啦，这位王莹女士就是我的上海的妻子啦。墨先生，祝贺您，您过关啦！现在我正式郑重地通知您，从今天开始，您就是我的助理啦！这是聘书，请先生收下啦！

手接聘书，我恍然大悟：原来昨天的一切竟是老板一手暗中导演的，这是他对我任职所做出的最后一次别出心裁的特殊考验啊！与此同时，我分明感觉到了我的脊背上爬满了一层粘乎乎的冷汗珠子……

大刘家的狗

涅阳西南乡彭村的大刘家养了一条叫花花的狗。这条名叫花花的狗从不擅离职守，不串门，不瞎逛，不与同类异性眉来眼去勾勾搭搭，除家里人之外，其他人从大刘家大门前经过，它就上蹿下跳示威似的瞎汪汪，咬人无数，惹出了不少麻烦。大刘的老婆烦透了，踢打着花花，朝大刘嚷，这家伙整个儿一个二球货，分不出好坏人，扔了算了！

大刘舍不得，花花看家护院忠心耿耿哩，狗是畜生，又不是人，它咋能分出好坏人？再说，就是你见了陌生人，能知道他是坏人还是好人么？狗通人性，这得慢慢调教！

大刘做了一条绳鞭，穿着光鲜的人上门来了，花花一叫，大刘怒目圆睁劈头就是一鞭。花花尖叫一声，尾巴一夹，就钻进沙发下去了，只露出一只脑袋，眼睛可怜巴巴地盯着大刘，一声不吭了。讨饭的来了，花花一叫，或是向前一扑，大刘就笑眯眯地抛给花花一块肉骨头或一截火腿肠。花花蹿起来张嘴一接，便叼了去，美滋滋卧在一旁，一边大嚼，一边哼哼唧唧地向主人表示着感谢。

日久，聪明的花花在大刘的精心培养下，能把人分出三六九等。

客人来了，花花摇头摆尾直往客人的裤腿上蹭，然后，后腿直立，两只前爪紧抱在一起，不停地向客人打躬作揖，汪着一汪清水的一双狗眼，直直地盯着客人的脸，含情脉脉。惹得客人赞不绝口。大刘的胖脸乐成了一朵盛开的向阳花，心里那个舒服劲就甭提有多美了。

穿着邋遢的讨饭人磨磨蹭蹭地过来了，花花贴伏在地面上，整个身子弯成了一张即将离弦的弓，目露凶光，嘴里发出低沉的呜呜警告声。倘若讨饭人不立马转身开溜，花花就犬牙交错地怒吼一声，呼地一下腾空而起，腥热的气息直扑面门，讨饭人便吓得屁滚尿流落荒而逃。把个大刘直乐得嘴巴都歪向了后脑勺。

前不久，大刘的一位铁哥们结婚。等闹过洞房，天已经黑透了。一阵汹涌澎湃的尿意，一浪高过一浪袭向了喝高了的大刘。头重脚轻的大刘急急地去屋后方便。晕晕乎乎中，脚步踉跄的大刘，一脚踏空，整个身子便直直戳进了茅坑里。大刘挣扎着爬上来，艰难地翻过低矮的土坯墙头，在村后的小河沟里涮了涮，扔下放在铁哥们家的摩托车，不告而辞，一路歪斜地往家赶。

也是天公不作美，这时候竟然下起了大雨，路面又湿又滑。腿脚不稳的大刘一路跟头流水，弄得人不人鬼不鬼的。好不容易到了家，刚刚推开院门，花花竟狂吼一声，一跃而起，直扑上来。慌乱中的大刘来不及呵斥，花花便一口咬在了他肥厚的屁股上。

大刘疼得一蹦老高，醉意一下子全醒了，顺手操起门后的绳鞭，朝着花花劈头盖脸一阵猛抽，一边抽一边声嘶力竭地吼，畜生，你他妈真是瞎了狗眼了，连我也敢咬啊！

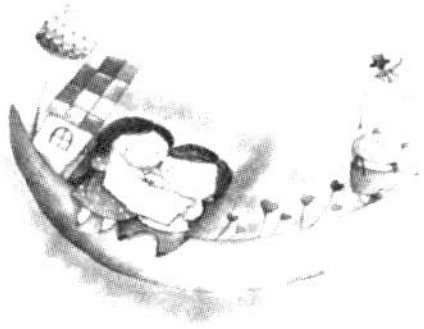

大饼张

几年前靠近邕江的南宁邕州老街，有一间充其量不过十三个平方米的小食店，门楣上悬挂一白底红字横幅招牌，上书四个大字：“河南大饼”。

店主人三十出头，眉清目秀，一米七五的大块头，称得上是膀大腰圆，可比不上卖烧饼的武大郎。武大郎多出名啊，只要是听过看过《水浒传》的人都知道，他是梁山一百单八将之一景阳冈打虎英雄行者武松的大哥，是与西门大官人有染而惹来杀身之祸的潘金莲的原始男人。大饼张千里迢迢从河南来到南宁卖大饼，已五年有余了，依然默默无闻，街坊邻居虽然都喜欢吃他的大饼，但都不知道他叫什么名字，只知道他姓张，就叫他大饼张了。

大饼张不做烧饼，烧饼买卖在南宁不中，虽烤得焦黄，表面还撒有一层喷香喷香的芝麻粒儿。这种北方人喜爱的烧饼，不适合南宁人甜软的口味，硬邦邦，吃了容易干渴。大饼张投其所好只做河南大饼，河南大饼外酥里软。刚开始的头两个月，生意清淡，再加上大饼张话语不多，为人忠厚，从不短斤缺两，一天早晚只知道吭哧吭哧地揉面、烙饼，盈余甚少。大饼张的女人不干了，骂大饼张中看不中用，笨蛋、二球、猪脑子，生就的一辈子鸡扒食命，自己摊上这种窝囊男人，算是眼药吃到肚子里，倒了八辈子血霉了，硬生生把一朵水灵灵的鲜花戳在了一堆臭烘烘的牛粪上了。

女人经常唠叨个不停，同是卖大饼的，人儿个个赚得流油吃香喝辣，自家却清汤寡水，吃也不敢吃，喝也不敢喝，更别说添置一两身光鲜衣服了。你说你不挣钱也算了，那种事也一个熊样，逼急了，才浮皮操痒地应付应付老娘。每当这时候，大饼张便呆着一张大饼一样的脸，一句话不吭，脑袋耷拉进了裤裆里，或干脆扔下手中的面团，一扭身，上街溜达去了。恨得女人跳着脚骂大饼张。蔫头巴脑的大饼张，一出门，就完全变成了另一个人，走街穿巷，满脸的春光灿烂，馋猫一样，满嘴流油地吃遍了南宁城的各种风味小吃，嘴里还不时哼上一段流行小曲。

如是者三。一日大清早，一贯沉默寡言的大饼张突然与女人吵了起来。大饼张脸红脖子粗地朝女人吼，你你你，别跟我提那个胖厨子，瞧见他我就犯恶心，啥德性！用这种下三滥套回头客，算啥东西！女人尖着嗓门骂，没用的东西，长能耐了不是？敢和老娘顶嘴了！胖厨子人儿哪儿不如你好？还恶心哩！你跟人儿提鞋，人儿都不要你！大饼张浑身乱抖，我不管胖厨子咋用，反正我不用，赚这坏良心的钱我睡不着，扔，全扔了，今儿这大饼一张也不能卖！女人说，你扔，你扔了试试！

大饼张不再搭腔，抓起一摞摞冒着腾腾热气的大饼，噼里啪啦，一股脑全甩进了门口的垃圾筒，还不解气，扭身回屋，将一瓶调料叭一声摔了个粉碎。

女人不干了，“嗷”的一声蹿上去，抓着大饼张又啃又咬。大饼张忍无可忍，掴了女人一耳光。两人从店内撕扯到店外，女人当街撒泼儿，哭天抢地，引得一街人驻足观看。

对面火锅店的胖厨子跑来了，紧紧搂抱住大饼张，别快住手，别打了。女人趁机一蹿老高，双手齐上把大饼张一张脸挠得血糊拉渣。胖厨子对大饼张嚷，你一个大男人怎么打女人呢？大饼张吐出一口血唾沫说，那你也不能拉偏架呀，再说，我打我老婆，管你屁事！胖厨子说，老婆也不能打，这是家庭暴力，是犯法的，懂不懂？女人骂道，你还敢打我，老娘不和你过了。大饼张脖子一别，不过去球，你另找男人去，别以为老子不知道，啥东西，一对狗男女！胖厨子一脸尴尬，唉，我拉架也拉出不是了，好好好，我不管了。

女人更激动了，不过了，不过了，冲进屋，收拾起一大包东西，出门就走。大饼张也不阻拦，是你要走的，不是我撵的，有能耐永远别回来。女人不看大饼张，脸对着对面火锅店，美的你，老娘早不想和你过了，你打一辈子光棍吧！亏那时没办结婚证，要办了，老娘就惨了。女人哭哭啼啼地消失在了老街口。

当晚，大饼张在得知对面火锅店的胖厨子也辞退了工作的消息后，一颗暗自紧吊的心，终于落了地。

大饼张窃喜，蠢女人，还怨老子不是男人哩，也不用屁股想想，连个蛋也不会下，我这不是瞎耽误工夫吗？明说了吧，一和你睡一起，我就想起了那个人也这样躺在你身边，老子嫌你脏哩！在老家，你与街上那个杀猪匠勾勾搭搭，街坊邻居的大牙都笑掉了。为啥带你出来卖大饼？还不是农村人接个女人不容易。原想着远离杀猪匠就好了，谁知你还是狗改不了吃屎，整天啥活不干，就知道吃喝打扮、逛街、打麻将，一眨眼工夫，又和对面的胖厨子勾搭上了。要不是老子怕人笑话，早给你们来了个捉奸捉双。胖厨子熬大烟壳套回头客算啥本事？嘿，老子要的就这结果，嘿嘿，总算盼到这一天，后悔死去吧你，老子要让你知道，我张满财是如何凭着一张大饼打天下的！

半个月后，大饼张一直挂牌歇业的小店突然重新开张，风靡南宁城的各种风味小吃的诱人的香味，从大饼张的小店里飘绕而出，馋得嗅觉灵敏的一街人挪不动了脚。大饼张的小店里一下子推出了十余种花样翻新的南瓜饼、酸李子饼、桃酥饼、夹心饼。更让人惊奇的是原来的河南大饼，一张热乎乎的大饼金黄油亮，外酥里软，千层饼样的一层层面皮，油汪汪依次重叠，握饼在手，如捧着一本清香的薄书，配以甜面酱、大葱丝，内夹熏肉或酸笋，嗨哟，咬一口，那可真是满齿清香余味无穷，连周围建筑工地上的民工食堂，也纷纷成百斤地预约订购。大饼张应接不暇，不但扩大了门店，改名为“河南大饼张”，还在市区接连开了四家连锁店。

据说，连锁店的生意也异常火爆。大饼张发了。

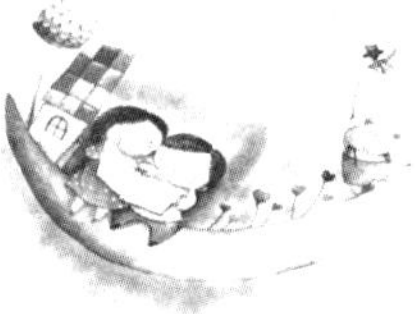

捡破烂儿的傻二

让傻二成为名人的那一天，与以往的每一天一样稀松平常。当傻二从被窝里钻出来打着哈欠的那一天早晨，也没有什么预兆。天一亮，傻二就起了床，顶着一张眼角爬满眼屎的脏脸，背起蛇皮袋，打着哈欠，艰难地拐瘸着，走一步，肚子往前用力一拱地到大街上去上班。傻二近来一直睡不好，邻居赵一家的哭声就像一根钝锯条，哧啦哧啦地在他的心上拉，拉得他身子一抽一抽的。

脂粉扑鼻的小城风景挑不起傻二的兴奋神经，唯有那些被人遗弃的碎铜烂铁废纸塑料瓶才能使他眼睛放光。

在一群苍蝇忙碌的垃圾筒边，当傻二捡到一双半大的小孩皮鞋时，竟莫明其妙地产生了一种说不上来的冲动。这种说不上来的冲动，使他毫不犹豫地将右手伸进了一只皮鞋里去。

皮鞋里空空如也，什么东西也没有。

傻二不灰心，心中的那种冲动正汹涌澎湃，一浪高过一浪地前赴后继，没有个完。傻二鼻头涨红，又将手伸进了另一只皮鞋里。

傻二的心怦怦直跳。激动使他唯一的那条好腿一个劲索索战栗，这便害苦了那条病腿，本不稳实的脚下支撑点稍一懈怠，整个身躯失了重心，极不甘心地扭了几扭，一个趔趄，大脑壳便跌进了垃圾筒。

傻二喘吁着抬起头，摇落满脸的泥土纸屑，从皮鞋里掏出了一卷纸。一层层打开这张画满儿童画的纸，里面竟躺着一沓钱。这十张面值仅为壹元的钱使傻二的呼吸又开始急促了。

傻二站在原地不动了。他停下了自己的工作，张着漏风的大嘴朝来来往往的行人不停地问，你你你，你皮鞋里藏钱了么？想物归原主的傻二，热脸蹭到的却是一张张冷屁股。傻二很失望，有点不知所措。

突然，街对面响起一阵鞭炮炸响声，吓了傻二一跳，身子扭了两扭。不等那一团团刺鼻的硫磺硝烟味散去，那里便围上了一群人，车水马龙的大街上飞速滚动着一个激动人心的消息：有人在这家投注站，买彩票中了十五万！

望着疯了似的红男绿女们嗷嗷直叫的激动样，赵一家的哭声钝锯条样，又开始哧啦哧啦在他的心上拉，拉得他身子一抽一抽的。傻二想，“偷猪站”不偷猪，卖变钱的“菜瓢”？十五万有几多，能装满我这蛇皮袋吧！傻二兴奋了，并又一次产生了一种说不上来的冲动。

傻二高举着这沓钱，一溜歪斜地拱进了人群里。傻二不知道他丑陋的夸张动作，让每一个人背后多了份担心，受到了一种不安全的威胁。一头乱发沾着几根麦草的傻二个子矮小，一张瘦脸从没洗过，就那么一塌糊涂，与积满了黑色污垢的粗糙双手遥相呼应，细脖子缺筋少肉没了支撑，一颗大脑瓜就那么永远地耷拉着，佝偻着腰身，瘸一条小儿麻痹腿，走一步，肚子就要用力往前拱一下。

这动作，让傻二挨过不少不明不白不明就里的女人们响亮的耳光。傻二极委屈。傻二挨打多了，做梦都想改正这动作，努力了十几次，连跌了十几个跟头，还磕飞了一颗门牙，也没能改正过来。傻二便死心了。他改变不了，他没有办法，所以走起路来依旧一拱一拱地流氓着。

傻二长驱直入的一拱一拱又一拱，咄咄逼人，使接触到和没有接触到的女人们花容失色，神经质地尖叫着抱头鼠窜。傻二视而不见，只一味地冲刺冲刺又冲刺，浑身浓重的汗臭味一股股左冲右撞，熏歪了男人们不可一世的嘴脸，他们惊慌地迅速给傻二闪开了一条宽宽的道。傻二畅通无阻，非常顺利地拱进了投注站。

买个“菜瓢”真麻烦，还要用笔在纸上不停地我画我画我画画画。傻二有些迷惘。营业员小姐一脸不屑，但舍不得傻二手里举着的钱，葱指样白皙的指头徒劳无用地横挡在鼻孔前，会填吗？

舔，舔马？傻二张着漏风的嘴，我，我没有舔过马，我舔过碗，舔过盘子，舔过手指头，就是没有舔过马。

小姐忍俊不禁扑哧一笑，乘虚而入的汗臭使她立刻又恢复了以前的动作绷紧了脸，打什么岔？我是问你会不会在这上面画？

赵一家的哭声钝锯条样，又开始哧啦哧啦在他的心上拉，拉得他身子一抽一抽的。傻二摇了摇一头乱发，几根沾在脏发上的麦草激动地振翅欲飞，可最终没有阴谋得逞。傻二的头不摇了，脏脸上堆满了歉意的笑，噢噢噢，你你你，你帮我画画吧，我就这钱。

就这么，傻二拥有了一张彩票，一张有着七个同样数字的五注彩票。就这么，被小姐胡乱涂抹的五注彩票让傻二中了五个三等奖。

“捡破烂儿的傻二买彩中了三万元!”

涅阳城登时炸了。

“捡破烂儿的傻二将钱送人了！送给在建筑工地打工摔断了腰的邻居赵一了……”

涅阳城又一次呆了。

“唉哟，傻蛋呀，那可是嘎嘎响的大票子呀!”

“唉哟，傻B啊，有这钱你就不用再捡破烂儿了!”

傻二定定地望着众人翻飞不停的嘴唇，一脸木然。嚷得急了，傻二说，你你你，你才傻蛋哩，你才傻B哩！赵家人好，他们不叫我傻二，叫我李二福。赵一腰断了，他们家天塌了，老婆卖血的钱，也被人偷了，一家老小搂成一堆嗷嗷地哭……

傻二双眼潮潮的，朝一圈人翻了个白眼，背起脏兮兮的蛇皮袋一拱一拱地走远了。

虚掩的门

那年毕业在际，心情激动的我们喜忧参半。教授目光睿智地在黑板上写下了一行遒劲大字：自信和勇气无坚不摧！然后用惯常的语调悠悠开讲：这是远事，远在40年前那个炎热的夏季。

教授说，城里的少年忽然心血来潮，要到大山里的外婆家体验一份清凉。客车在山中绕了半日，便卧在一小镇上不走了，终点站到了。

少年于街边匆匆吃碗米粉继续赶路。天已过午，还有40里山路等待着少年的一双脚板去一一丈量。

羊肠小道曲里拐弯，弯来弯去一个下午就弯没了。

精疲力竭的太阳煞白着一张虚幻圆脸卡在大山的豁口上喘息，被一声古怪的鸟叫惊得一骨碌便不见了踪影。天陡然就黑了。

四起的山风鬼哭狼嚎引来了可怕的雷雨。

少年慌不择路像一头受惊的小兽，借助刺目的枝状闪电，在狰狞的乱石与山林间，跌跌撞撞左冲右突。

雨越下越大，跑丢了鞋子的少年浑身透湿，脸与手脚被无处不在的荆棘和比比皆是的尖石划割得鲜血淋漓。少年不管，早已迷路的他认准一个方向，只一味地奔走……

夜半时分，几近绝望的少年终于发现了一座亮着灯光的小木屋爬卧在森林边。

少年踉跄着扑至近前，刚欲抬手敲门，忽然又犹豫了，素不相识，少年担心遭遇闭门羹，只好双手抱膝蹲在了屋檐下。

凄风苦雨中，少年又冷又饿，浑身发烫，嗓子渴得冒烟，痛苦不堪的咳嗽声终于惊动了屋主人。随着一声门响，一大片温暖亮色泼洒而出。

主人是一个黑瘦的老头儿，他把少年搀进了屋，一边给少年熬驱寒的姜汤，一边不解地说："我一个人在这里看护山林，你咋不推门进屋呢？我这门从来都不上闩……"

好了，教授说，我现在可以告诉你们了，多年前那位迷路的少年就是眼下正在向你们讲述这个故事的我。教授说，生活中到处都是虚掩的门，人们在经过一番拼搏之后，往往缺乏自信和勇气，殊不知，你只需调整心态鼓足勇气轻轻一触，成功之门就会应声而开！这，就是今天我要讲述这件早年旧事的理由所在。

醍醐灌顶

老爸回荡于2004年暑假里的那一声慨叹，许多日子以来，犹如敲击在我懵懂之心上的一记重锤，时常警策着我怎样去做一个光明磊落的人。

那年暑假，我做完了所有的作业，剩下的大把时间无处消磨，整日闲得无聊，常以制造恶作剧取乐。我有一位乡下表叔进城打工住在了我家，每天早出晚归地卖力气，工作又脏又累，嘴里却老哼着小曲，摇头晃脑神仙似的。

老爸望着表叔匆忙的背影一脸的不解，咦，你表叔每天累死累活就挣那十块八块的几个小钱，咋还那么高兴?

我一脸坏笑，打赌么?明天他就不高兴了。老爸沉浸在自己的思索里，他没有听到我的话。

华灯初上，灰头土脸的表叔哼唱着回来了。我开始付诸行动，溜进表叔的房间与之闲聊了一通，这才心满意足回房休息了。

翌日，果然不出所料，表叔“哑”了。

满腹狐疑的老爸望着愁眉紧锁、双眼布满了血丝的表叔说，咋了?哪不舒服?表叔挤一脸苦笑，没，没事，昨晚没睡好。

晚上，一身疲惫的表叔悄然回来了，一头扎进房间直抽闷烟。

老爸慌了，我说老弟，不中，咱赶紧上医院吧!

表叔目光躲闪，我，我真的没病，咦，咋不见表侄了?

我躲在门后应声而答，我在这儿，表叔，你找我有事?

……等我走出了表叔的房间，挤着小眼睛悄声对坐卧不安的老爸说，放心吧，表叔没事，明天他就又高兴了!

天刚蒙蒙亮，洗漱间果然传来了表叔哼唱的小曲声。

表叔一出门，老爸便逼问原由。

我说，前晚我与他聊天时，故意把装着100多块钱的钱包塞进了他的毛巾被，他睡觉发现后，交还是不交？便拿不定主意了，思想斗争了一夜，哪里还睡得着，接着又斗争了一天，昨晚他才对我说，他拾了我的钱包，早上走得急，忘了告诉我……

老爸恍然大悟，怒斥道，你这混小子，咋能与你表叔开这样的玩笑！

我吓得舌头一伸的同时，却又听到了老爸的一声慨叹，嗨，活了大半辈子，我总算明白了，人啊，要想永远快乐，就得心无杂念啊！老爸的慨叹，犹如醍醐灌顶，使我一下子明白了做人的道理。

遭遇西瓜

这事情发生的由头缘于那场宴请。如果老夏不贪杯的话，他的制服就不会遗忘在我家的沙发上；如果我不担心老夏再杀一个回马枪，我就不会冒着炎热给他送制服；如果我不给老夏送制服，也就不会遭遇如此喜剧。唉，正因为没有了这些如果，才引出了后面这段尴尬故事。

当时，我把老夏的制服随手搭在自行车车把上，便匆匆驱车追出了门。一路上竟不见老夏的影儿，只好直奔老夏的单位。

时逢午后，酷热难耐，片刻之后，我便被七月骄阳折磨得臭汗淋漓口干舌燥。

昏沉沉正行间，忽遇一西瓜摊，于是便停车问坐在太阳伞下的卖瓜汉：“师傅，这瓜多少钱一斤？”

胖胖的卖瓜汉袒胸露乳，摇着一把大蒲扇，懒懒地乜斜了我一眼，立刻挨蜇了似的从椅子上弹跳而起，其动作之快之灵便绝非寻常。

胖子满脸堆笑，诚惶诚恐地弯腰从瓜堆里挑出一个大大的西瓜，卡放在我的车后架上，毕恭毕敬道：“同志都是朋友嘛，客气啥？拿去吃吧！”

无功受此礼遇，这让我感动非常，但想到大热天卖瓜不容易，便执意不要。于是那大西瓜便在我们之间推来让去了好几个轮回。无奈，我只好下车把西瓜放入了用来当作称盘的蛇皮袋里：“谢谢！谢谢！师傅的心意我领了，称称吧，你也不易！”

胖子见我如此固执，满脸狐疑地上下打量了我一番，尔后小心翼翼地赔笑着问道：“同志，你……你你你，不是城管所的？”

我闻听愣神须臾，顺着胖子躲躲闪闪窥探的目光朝自行车车把上一望，立刻恍然大悟："噢，不是，你认错人了。这瓜到底多少钱一斤？"

弥勒佛般的胖子脸上的笑立马定格，一扔蒲扇，迅速抓起了秤杆："嗨，哥儿们，不瞒你说，咱这可是真正的黑子红心大沙瓤，甜着呢。人家都卖八毛钱，咱这便宜，七毛五！"

黑夜的舞者

一盏神秘的游走不定的水银灯，闪耀在涅阳西南乡彭村漆黑如墨的夜空中。近旁，嶙峋的民居棱角分明，在一片青白光晕的抚摸下，扭扭捏捏骚动不安。可怜那些模糊在远处阴影里的房屋，张牙舞爪着满肚子憋屈，一扇扇虚掩的门后，时常会毫无来由地闪现出高高低低大小不一或白或黑的脑袋，向那片光晕恶狠狠地窥探。零星的几座两层楼房的窗玻璃后，冷不丁，也会紧贴上一只只挤压得一塌糊涂丑陋扁平的鼻子，血红的刀子样的眼睛深不见底。纵横交错的巷道里，一条条黑影神出鬼没，粗重的喘息与叽咕叽咕的窃窃私语，此起彼伏。

自从上世纪八十年代初出现了这盏神秘的水银灯后，这一现象已层出不穷，而围绕这盏水银灯演绎出的一系列滑稽荒唐的传奇故事，一直使我深感自卑而羞于启齿。

骚动的彭村是我的故乡，那里有我割舍不掉的血脉亲情和说不清道不明的苦与乐、爱与恨。它平凡而又猥琐，与所有北方的普通村庄如出一辙，大大小小的草房瓦屋挤拥一处，高低错落，杂乱无章。一棵棵榆树楝树洋槐树勾肩搭背，浓郁的树冠遮天蔽日，脏破不堪名存实亡的干枯寨河，像一条灰不拉叽的蛇，死皮赖脸地缠绕在小村周围。寨河内沿上，一圈二、三十年代用于防御土匪抢掠的土寨墙，不知何时已夷为了平地，昔日的英武已风华不在，早已随土匪马队远遁腾起的狼烟消踪匿迹，但村子里随着包产到户吃上喧虚的白面馍后，偷鸡摸狗的事件却时有发生，搅得村人如惊弓之鸟夜不成眠，捕风捉影的犬吠声音，从傍晚到黎明经久不息。

彭村的治安让老村长头痛。头痛了三天的老村长，匆匆走过被一座座无规无则的瓦屋挤逼得歪歪扭扭的村道，站在了村中央我家的饭场上。老村长两手掐腰，条理清晰地分析了目前的形势与危机，然后伟人般用力一挥右臂，庄严宣布了他的最高提示，由全体村民集资，从 2 公里外的人民公社所在地拉出一根电线，在村子里安装一盏照明的水银灯，以便使值更巡逻的民兵及早发现蠢蠢欲动的小偷所暴露出的蛛丝马迹，竭尽所能地将坏人坏事坚决彻底地消灭在萌芽状态，以保卫人民群众的胜利果实。

水银灯安装在什么位置呢?

村民们的心里都打起了小算盘，若有幸与亮如白昼的水银灯为邻，财产安全不说，还可省却点灯的油钱，日积月累可是一笔不小的节约，这样的好处说什么也不能让别人沾去！为此，各怀心态的村民们情绪激动，红头涨脸地吵成了一锅粥。尤其是我父亲，底气十足，囔囔的声音铺天盖地：“村中央我家的这个饭场，是村里经常开会的地方，水银灯装在这儿最合适。”

老村长淹没在汹涌澎湃的声涛里。村民们的背叛使老村长措手不及，瘦短的一双眉毛嘣嘣直跳，一张脸阴得能拧出水来。老村长情急生智迅速跳上了一座石碾盘，石碾盘上的老村长迎见而立，处乱不惊，“叭叭叭”猛抽两口纸烟，朝我父亲厉声断喝：“嗨嗨嗨，你夹住吧，你一不是党员，二不是村干，三没有什么特殊贡献，水银灯为什么要装在你家门前?”

父亲的阴谋被明察秋毫的老村长及时粉碎了。

父亲立时蔫了。

众人一下子哑了。

最终，惹人眼馋的水银灯光荣地亮相于村口一根松木电线杆高耸的头顶之上，老村长的四合院舒服地躺卧在一片温柔的光晕里。

咽不下这口气的我父亲羞愧难当，千叮咛万嘱托要我一定要出人头地，以改变我家在村中的地位，盼望着他的宝贝儿子在不久的将来能当上一个管得了村长的官，退一步说，就是再不行也起码弄他一个村长干干，若能这样，那水银灯就会永远光芒万丈地矗立在我家门前的饭场上。在父亲的鞭策下，怀揣着这一梦想我发愤读书，若干年后，终于如愿以偿，考上了一所名牌大学。

接到录取通知书的那天晚上，喜极而泣的我父亲在一碗劣质的白酒的推波助澜下精神抖擞，在院子里走来走去，嘴里还不停地哼着小曲。突然，紧闭的栅栏门激动地发出一声惊叹，穿着一新倒背双手的老村长破天荒地走进了我家的小院，并破天荒地递给目瞪口呆的我父亲一根过滤嘴纸烟。母亲手忙脚乱慌着给老村长让座倒茶，被老村长一个潇洒的摆手动作制止了。和蔼可亲的老村长一脸灿烂，微颤的嗓音肉麻着夸张的亲昵："嗨哟，咱侄儿可真是出息了，以后就是吃卡片儿的公家人了！我说，水银灯还是装在村中央的饭场上吧。"

父亲诚惶诚恐，拼命眨巴着眼睛，并一个劲地搓着两只粗糙的结满老茧的大手，又圆又长肥实实的灰泥条肉虫样叭叭真往下掉。父亲嘴唇哆嗦："村村村，村长，使不得，使不得哩！"

可我父亲终究没能拗过老村长。

第二天，那盏水银灯便庄严地威风凛凛地屹立在了我家门前的饭场上，惹一村羡慕不已的眼睛和"啧啧"的赞叹。

父亲的腰杆一下子挺直了。

四年后，走出了大学校门的我成了涅阳西南乡中学的"孩子王"。与此同时，我家门前的那盏水银灯也乔迁新址，成了新当选村长门前的一道靓丽的风景。

父亲的腰身又一次软塌了。

在以后稠密的岁月更迭里，那盏水银灯一刻也没闲着，不断地被村人们挪来挪去。那片辉煌先后普照过发家致富成了万元户的陈二蛋家，亲吻过出了个副乡长儿子的王麻子坑坑洼洼的麻子脸，明亮过那些年曾是地主"狗崽子"的张小牛，因为张小牛从来没有见过面的地主爷爷从台湾回来探亲，为村里捐了一笔款，在寨河上建起了一座大石桥……

现如今，那盏已成为村民们心中圣物的水银灯，又在村尾矬子老林家大门外开始张扬无限妩媚。因为矬子老林那个在广州打工的二闺女本事了得，每个月都要成千上万地给家里寄钱，矬子老林家和他同样低矮的烂瓦屋早已鸟枪换炮，变成了里外粉刷装着明闪闪大玻璃窗户的小洋楼。春节里，曾有一位从广州打工回来不知天高地厚的愣头小子，不屑地对村民们撇嘴，知道吗，矬子老林的二闺女在广州当了妓女了。村人怒声呵斥，去去去，看你那熊样也挣不回几个大钱！妓女咋？只要能大把大把地挣票子，那便是大爷！愣头小子还想争辩，村人说，怎么，还不服气？有能耐你也当鸭子挣钱去！

这一细节只是个传说，忙碌的村人们没有兴趣去考证。这件事最终还是被矬子老林知道了，矬子老林急慌慌跑到广州，这才证实了他们的二闺女没有骗他们，正如二闺女所言，自学成才的二闺女真的是在一家服装厂做高级服装设计师哩……

眼下，我们涅阳西南乡彭村里的年轻人都纷纷扔下锄头，天南地北各显神通地进城挣钱去了，家家户户虽然早已用上奇形怪状五颜六色的电灯，可人们仍然梦想着能拥有那盏水银灯。每当夜幕降临的时候，那盏水银灯在骚动不安的村子里仍威风八面地流光溢彩独领风骚。

唉，我的涅阳西南乡彭村里的父老乡亲们哟！

最后的意外

我这人没有什么出息，摸过粉笔，扛过枪，当过干部，经过商，工作换了不少，手机也换了不少，就是老婆没换，遇事爱打抱个不平什么的更是没换。我老婆说，我知道你是个好男人，可这性格让你吃尽了苦头，老公啊，你什么时候能改一改呀？我说，老婆啊，俗话说得好，吃亏人长寿，你老公我这辈子恐怕是改不了了，就是活到七老八十岁，老公我依然路见不平一声吼，风风火火闯九州！许多年后，我坐在县城一隅的家中，回想起八年前惊心动魄的那一幕，仍免不了浑身激动。

那是一个三伏天，日头烫人。国道上黑亮的沥青路，软了身子，粘性十足。一辆挂着“邓州——淫阳”标志牌的大巴在滚滚热浪中，呼哧呼哧地喘着粗气艰难地向前窜行。

时近中午，当大巴经过一个名叫西南乡的小镇时，上来四个肥头大耳挺胸凸肚的壮汉。一车昏昏欲睡的乘客，使他们阴鸷的满脸横肉窜动得意。

大巴浑然不觉，苟延残喘着继续上路。

车至荒郊野外，四壮汉突然从怀中拔出长短不一寒光毕露的刀片，异口同声地吼叫道：“各位，打扰了，兄弟们要借几个钱花!”

慵懒的乘客们闻声色变，目瞪口呆。

洗劫从前排开始了。

一老板模样的中年男子欲捋下手指上肥大的钻戒藏匿，被一个车匪看个正着。车匪骂咧咧出手便抢。中年男子刚想反抗，只见刀光一闪，随着一声惨叫，男子脑门上便血花飞溅，骇人的鲜血糊了满脸，整个人软不拉叽死蛇样瘫在了座位上……

心有不甘的众乘客，立刻噤若寒蝉，一股水流从一位花容失色的女士座位上淙淙淌下，难闻的尿臊味飘满了车厢。女士嘤嘤啜泣，浑身抖作一团。

紧挨女士座位的，是一位染了一头红发的小子。男人的惨叫吓了他一跳。红发小子小脸蜡黄，那条裤管只剩半截膝盖上还整出一个大洞的褪色牛仔裤，在瘦小的双腿上窸窸窣窣颤抖不已。洗劫仍在继续。女士的尿味与哭泣让红发小子突然停止了抖动。他狠狠一一闭眼，吐出一口长气，右手夸张地在脑袋上向后一拢红发，对女士说，别，别别，别害怕，这些人只是为财，他们哪敢杀人！他们不敢，他们心里清楚得很：杀人是要掉脑袋的！

谁人如此胆大妄为？四车匪闻听勃然大怒，呼啦一声围了上来。

红发小子咽了口唾液，稳坐如山，轻蔑地乜斜了众汉子一眼，阴阳怪气道：“哟哟哟，我说哥儿们，别在我面前舞刀弄枪好不好？我有晕血病，我见不得血的。你看看你们，做一点破事，就这样沉不住气呀？不要大水冲了龙王庙，都是道上混食儿的，咱井水不犯河水！”言毕，竟旁若无人地玩起了一个漂亮的手机来。

四车匪大眼瞪小眼。一个头目模样的车匪立马反应过来，心领神会地朝红发小子拱手笑笑，老大，不好意思，小的们有眼不识金镶玉，还请见谅！说完，便急急地朝其余三人一努嘴，便尴尬地散去了。

洗劫重新开始……

红发小子偷瞟了一眼四车匪，右手在脑袋上向后一抿满头红发，依旧把玩着手中的手机。时间一分一分地流失着，红发小子甚觉无趣，百无聊赖地收起了手机，眯着一双绿豆眼，车前车后地看起了热闹。

三十分钟后，四车匪洗劫完毕，吼叫司机停车。

司机动作慢了些，四车匪刀片乱舞，竟威胁要放司机的血。

这时，一辆闪着警灯鸣着警笛的警车，迎面飞驰而来，随着“嘎”的一声刺耳的尖叫，在距大巴十余米外摆了个横身。一警察打开喊话器，高声命令大巴靠边停车，接受检查。

四车匪闻风丧胆，破窗而逃。数名警察鱼贯而出，鸣枪追捕。

眨眼间，众车匪悉数落网。

警察上车调查取证，不料，几名乘客冷不丁飞身跃起，叠罗汉一样将红发小子死死压在了身下："快，别让这小子跑了，这小子是他们的同伙！"

警察反应敏捷，出手如电，闪亮的手铐便扣死了红发小子的手腕。

红发小子语无伦次，杀猪一般的挣扎着大叫冤枉："爷儿们，别误会，别误会！哎呀爷儿们，别压坏了我新买的手机啊！"红发小子急头涨脸地歪曲着嘴脸，对着警察叽里哇啦如此这般如此这般地说了一通。

警察一脸严肃，一手扭着红发小子的胳膊，一手从红发小子的衣兜里掏出那只漂亮的手机，大拇指轻轻一点，立刻调出了一组四车匪正在疯狂劫掠的图像，以及三十分钟前接连发出的一则短信："十万火急！邓州至涅阳大巴经西南乡遇匪劫，速报110，并告吾晓。"

警察松了手，抬手便朝红发小子当胸一拳，乐了："1378816 * * * 6，嗨哟，好小子，原来您就是那个见义勇为，连连发出十多条短信，托朋友向我们报警的乘客了！了不起，了不起，真是太感谢您了！"

红发小子也乐了，欲抬手朝一头红发抿去，哈，手铐还紧紧咬在他的两只手腕上呢……

嘻嘻，故事结束了，我现在也可以告诉你，那个红发小子是谁了。嗨，我看还是算了吧，都过去这么多年了，再提，我老婆一定又会笑话我，人过四十净扯淡，张口就会想当年。

一石三鸟

这个充满传奇色彩的真实故事，是我的一位公安朋友告诉我的。那天的 14 时 30 分，那人来到了公园门口，果真看见了那位身穿黑衣的靓丽女子，正焦急地左顾右盼着。

那人不动声色地从女子面前径直走过，穿越马路，在对面的一幅广告牌下站定，目不转睛地观察着靓丽女子。东张西望的靓丽女子焦躁地走来走去，时不时地抬腕看一下表。那人笑了，用手机拨通了公园旁边的公用电话，阿婆，麻烦你让那位站在左边身穿黑衣的妹仔接一下电话，谢谢！

接电话的靓丽女子满腹狐疑。那人说，我是 13958585888，别再演戏了，我知道你是便衣，正诱我上钩哩，我才不上你的套哩。靓丽女子粉脸涨红，你这人是怎么了？不停地换地点，跟特务似的，再这样疑神疑鬼地瞎折腾，那就拜拜吧。那人急了，嗨，别别，这样吧，你立刻打的过来吧，我现在在动物园门口，真的，不骗你，咱不见不散。

紧盯着靓丽女子上了出租，那人立马也伸手拦下了一辆，朝司机喊，师傅，快，跟紧前面那辆车，对，就是那辆！两辆车在大街上疾速滑行。

动物园门口，靓丽女子刚刚钻出车门，紧随其后的车便戛然而至。

那人一拉车门，快，快上车，我是 13958585888。靓丽女子还没醒过神，就被那人一把拽上了车。那人很尴尬，对不起小姐，干我们这行不小心不行，一旦失手就玩了。靓丽女子冷着脸，说吧，要多少？那人说一千。

若无其事的司机身子明显一抖。几番讨价还价，最终以二百元成交。女子掏出一张照片交给那人，名字地址你随便。那人说，得，明天下午 2

点，公园门口见，一手交钱，一手交货。

话音未落，出租车却朝路边一滑，停下了，司机转过头来，一脸横肉，我是警察，已跟踪你们多时了，怎么，是我送二位蹲局子，还是二位交罚款?

靓丽女子一个激灵，一拉车门跳下就跑，恰被骑车上班的我这位刑警朋友撞个正着。靓丽女子倒地的同时，朋友也被摔了个嘴啃地。朋友见撞倒了人，一个鲤鱼打挺从地上蹦起来，伸手欲搀，突然猛觉眼前一亮，脱口喊道："白冰!"靓丽女子失声而应。朋友出手如电，迅疾扭死了靓丽女子……

紧接着，临时起意欲冒充公安趁机敲上一把的出租车司机和办假证的那人被一并擒获……

原来，当天上午，朋友在翻阅一本新到的公安杂志时，无意间看到了一则通缉，一个居住北方某城名叫白冰的白领靓妹，将她的老总毒杀后畏罪潜逃。照片上的女子妩媚性感，是那种任何男人见了都想犯罪的女人。朋友不觉多看了两眼，还一个劲地为之惋惜。可做梦也想不到，这个给他留下深刻印象的美女，竟然逃到了我们这座城市，为办假身份证，居然撞在了他的枪口上，上演了这部一石三鸟的故事传奇。

花　赌

涅阳城周家绸缎庄老板娘杨槐花，美若天仙，唇红齿白，一双眉眼顾盼流情，一颦一笑风情万种。风传那功夫最是迷人，能把男人撩拨得勇猛刚劲所向披靡，熨帖得筋软骨酥浑身通泰。杨槐花男人周大公子终日沉湎于温柔之乡不能自拔，不足一年便气血双亏一命呜呼。涅阳城有头有脸的男人们不信这个邪，只说周大公子没这个艳福。

涅阳第一民团团长周天豹乃周大公子的远房堂兄，早就垂涎弟媳的姿色。周天豹近水楼台，投其所好，不费吹灰之力很快便与杨槐花黏糊上了。杨槐花似乎并不满足，时常还在大街上招蜂引蝶，风摆杨柳般走来走去，勾引得一街男人心旌摇荡想入非非。

一日，驻守在城外的二民团团长陈大疤瘌去司令部开会，清脆的马蹄声在青青的石板街道上，敲击出一路威风。当坐骑行至城隍庙下街时，陈大疤瘌猛然觉得眼前亮丽如春，左脸上那块月牙儿刀疤憋胀得紫里透红，大张的阔嘴“刺溜”挂下一串明晃晃的涎水。奶奶的，这是谁家的女人？陈大疤瘌马鞭往前一指，眼睛都直了。

卫兵歪头一笑，团座，她就是周家绸缎庄风骚小寡妇杨槐花呢！陈大疤瘌心痒难耐，唉哟，快快快，送我的帖子，就说今晚我请她去醉仙楼吃饭！

夜幕还没来得及罩严县城，醉仙楼却早已灯火辉煌车水马龙了。杨槐花浓妆艳抹，身着开衩很大春光乍泻的粉红旗袍，一步一闪亮，一扭一刺眼，应约而至。

几番醉翁之意不在酒的推杯换盏，陈大疤瘌和杨槐花便心有灵犀眉来眼去了。陈大疤瘌猴急地一把揽过杨槐花如蜂细腰，在她的粉脸上

"叭"地亲了一口。杨槐花顺水推舟，兰花指一点陈大疤瘌脑门，娇嗔道，陈团长，看把你急的，心急吃不了热豆腐！陈大疤瘌一阵晕乎，一双手就越发变得不那么老实了……

周天豹在绸缎庄遍寻不着杨槐花，没头苍蝇一样地到处乱撞，最终打听出，尤物早已被陈大疤瘌请到了醉仙楼。周天豹醋意大发，手提大肚匣子，一路大骂着直奔醉仙楼。

醉仙楼上，陈大疤瘌的两个卫兵上前挡驾，却被周天豹一人一个耳巴子抽了个趔趄。周天豹趁势一膀子撞开房门，扑进了包厢……陈大疤瘌被周天豹搅了好事，恼羞成怒。周天豹骂陈大疤瘌夺人之爱。陈大疤瘌骂周天豹吃着碗里还占着锅里。二人继而大打出手，险些火拼。

消息很快传到司令部。王三麻子大发雷霆，翻身上马直冲醉仙楼，马鞭银蛇样飞蹿在二人的脑袋上："他奶奶的，你两个吃了熊心豹子胆了，敢抢老子的女人!"

二人闻听立时面如土色，"扑通"一声，双双跪地求饶。周天豹浑身筛糠，嘴唇哆嗦得溃不成军，司令，我我我，我真不知道槐花是司令的女人啊！陈大疤瘌哭丧着一张马脸，脸上的刀疤闪展腾挪，司，司令，您就饶过兄弟吧，我和她可没动真格！周天豹仿佛抓到了一根救命的稻草，一对红眼珠子争先乱翻，你你你，你胡扯，我冲进来时，你他妈还正泰山压顶呢！陈大疤瘌一挺脖子，老子，老子……

王三麻子面色铁青，脑门上青筋一蹦老高，一拍桌子怒吼道："你们都他妈的混蛋！来人，把这两个家伙拉出去崩了!"

几个卫兵一拥而入，架起二人便朝楼下拖。二人目瞪口呆面如白纸，挣扎着大喊饶命。一同赶来的参谋李半仙忙求情道，司令，恕我直言，在这里为一个女人，连杀两位爱将，岂不让人耻笑？还是饶过二位吧！

王三麻子闻听仰脸长叹，唉，咱民团的脸都让你们丢尽了！都是猪脑子啊，十几年生死弟兄了，竟为一个女人，啥也不顾了，值得吗？王三麻子一边说，一边来回踱着步。周天豹与陈大疤瘌两颗心也随着王三麻子的大马靴，咯噔咯噔过来，咯噔咯噔过去。

王三麻子忽然停下了脚步，算了，算了，这个女人司令我也不要了，送给你们了。不过，你俩必须打一赌，谁赢了，女人就归谁，谁输了，以后不准再纠缠！赌法很简单，就是那个叫啥子来着？噢，杨槐花，头戴一朵鲜花，站在三百步之外，一声令下，你俩同时起跑，谁先摘到鲜花者，女人就归谁！

于是，一顶花轿将杨槐花抬进了司令部。当夜无话。

二日一大早，杨槐花挽着王三麻子的胳膊，风摆杨柳般走出了司令部。笑眯眯的王三麻子原想周天豹和陈大疤瘌能从中看出端倪，识相地打退堂鼓，可他们雄赳赳如两只公鸡。这让王三麻子很失望。

一切安排妥当，随着王三麻子一声令下，周天豹和陈大疤瘌便撒脚如飞向杨槐花冲去。奔跑过程中，二人生怕被对方占了先，一边跑还一边互相扯胳膊绊腿。

就在二人撕扯不清丑态百出的时候，“叭”的一声枪响，满脸妩媚的杨槐花圆润的左胸上，应声开放出一朵鲜艳的梅花……

周天豹与陈大疤瘌冷惊回头，只见王三麻子手中握着一把德国造，正神色阴沉地紧盯着他们。二人浑身同时一个激灵，裆间立时丁当出一片水声。

王三麻子瞄了一眼还在地上一抽一抽的女人，回味着昨晚女人身上的美妙，心里恨死了周天豹和陈大疤瘌，他舍不得这女人！这女人他谁也不想给！可收回命令，自己的话不成一个屁了么？他奶奶的！王三麻子掩饰着隐隐心疼，轻轻吹去枪口上飘着的一缕儿蓝烟，不紧不慢地说：“奶奶的，女人，女人是祸水，留着她，会坏了咱兄弟情义！”

周天豹与陈大疤瘌握手言和，王三麻子皮笑肉不笑地设宴庆贺，不断地示意手下可劲劝酒。结果，喝得鸡不认得鸭子一溜歪斜的二团长在回团部的路上祸从天降：周天豹撞上了一辆飞奔的马车，头都扁了。陈大疤瘌也马失前蹄从城门断了两块桥板的吊桥上栽下了护城河。

王三麻子气冲斗牛，叭叭两枪便解决了昨晚把守吊桥的两个失职士兵，同时下令严查肇事马车，一会工夫，肇事马车夫便也找到了，却是王三麻子的一位护兵。王三麻子毫不犹豫地又是一枪。望着两个团长的尸体，王三麻子明里大放悲声，鼻子哭得大头朝下，啊哈，你两个都是俺的好兄弟啊！暗里却在心里恨恨地骂，不识抬举的东西！让老子赔了夫人又折兵！

除 奸

八百里伏牛山中有一尖顶山，地势险要，易守难攻，多年来为巨匪王三麻子所占。时值军阀混战，民不聊生，王三麻子生性粗暴，杀人如麻，啸聚身边的人马不下五百。

与之相距数十里之遥的涅阳县城里，住着县长张大金牙，乃王三麻子的杀父仇人。王三麻子几次带人下山寻仇，皆因设防严密，终不得手。

军师李半仙手拈胡须在王三麻子耳边如此这般了一番，王三麻子眉飞色舞，立刻派得力助手自己的族弟王秃子带一小喽罗，秘密乔装下山，混入县城，伺机刺杀张大金牙。

两人于天明混入县城，夜晚，飞檐走壁，刚刚接近张大金牙的府邸便被一班巡逻的武师生擒。

灼热通红的烙铁、断筋折骨的老虎凳、直冲脑仁的辣椒水，折磨得王秃子与小喽罗体无完肤，仍骂不绝口。张大金牙恼羞成怒，将两人打入死牢，只等秋后问斩。

是日夜，暮色沉重，风声凄厉。王秃子与小喽罗求生无望心灰意冷。

夜半时分，忽然横空窜出一蒙面矮汉，手脚麻利地开了铁栅栏……三个人屏息敛声行色匆匆地从一条狗洞内爬出了城外。

王秃子与小喽罗磕头谢恩，不料，那蒙面矮汉竟也扑通一声跪在了二人面前，一把扯下了脸上的面具……原来，此人竟是十年前王秃子从狼嘴里救下如今已成为一名狱卒的山娃子。

踢了山娃子的饭碗，王秃子深感内疚，执意拉山娃子上山入伙。山娃子无亲无眷，事已至此也算是走投无路，只有委曲求全讨一条活路。小喽罗也厌倦了打打杀杀，央求王秃子看在他多年跟随的分上，放他一条生路。十余年为匪生涯，小喽罗已在家中攒下了一点做生意的积蓄，只想无福无祸平平安安娶一房妻妾生儿育女……

人各有志。王秃子和山娃子只好与小喽罗洒泪而别。

王秃子携山娃子逃回尖顶山，陈述了刺杀未果的前后经历，以及被山娃子如何救出的过程（出于谨慎自然隐瞒了小喽罗的去向，惟添加了张大金牙如何围追堵截，小喽罗为掩护他们被乱枪打死的惊险情节）。

奸诈多疑的王三麻子对王秃子只身安然逃脱又带回一个来路不明的山娃子心存疑惑。尽管王秃子和山娃子涕泪横流指天划地赌咒发誓，仍拂不去罩在王三麻子心头的疑云。

一座石牢囚禁了王秃子和山娃子。紧接着由二头领、三头领和军事李半仙组成的专案组，轮番对其是否变节是否怀有某种阴谋审讯逼供，山娃子不堪折磨竟触岩而死……

遭受如此冤枉，且祸及恩人断送了性命，王秃子有理无处诉，尖顶山日夜回荡着王秃子撕心裂肺绝望的叫骂声："老天无眼啊！我王秃子出生入死，大小战功不计其数，到如今竟落得如此下场，老子真他娘的不该回山啊！老子死不瞑目啊……"

两个月后，王三麻子仍一无所获，只好将王秃子放出石牢，但却派人暗中监视。

又一月，张大金牙与西三县的兵勇联合，忽然将尖顶山层层包围，猝不及防的王三麻子被打得丢盔弃甲，损兵折将二百余众。众喽罗若不是仰仗着坚固的工事和复杂的地形，拼了命地抵抗，张大金牙恐怕早就攻上了"聚义厅"……

收拾了残局之后，王三麻子突然有请王秃子。

王秃子心怀忐忑，进了"聚义厅"。

王三麻子笑眯眯拍着王秃子的肩膀说："委屈小弟了！"当即大摆酒宴向王秃子谢罪。随后，赏王秃子白花花大洋三百，权做对王秃子两个多月来蒙受不白之冤的补偿。

王秃子受宠若惊，连声称谢，声泪俱下发誓在不久的将来将去完成手刃张大金牙的壮举。

王秃子欷歔感叹着青天有眼，一身轻松地捧着三百块大洋走出"聚义厅”三丈之余，一把带着红缨的飞镖从王三麻子手中飞出，王秃子稀里糊涂便被扎了个透心凉……

众头领大惊失色。王三麻子随手抖出据说是从王秃子身上搜出的一纸密函，只见上面寥寥数语：

王兄台鉴：

尖顶山布防图已收到，不日即可攻山。请王兄保重！

张宝鼎敬上

×年×月×日

这张宝鼎不就是狗日的张大金牙吗？众头领怒不可遏，一致认为王秃子罪有应得死有余辜。

一旁的王三麻子与军事李半仙对视了一眼，两人的脸上露出了一丝儿阴笑。

转眼二十余年过去了，尖顶山上的王三麻子竟摇身一变成了反共救国军的司令……

这一日，一个商人模样的人进得山来，逢人便打听二十年前王秃子的下落。一白发老头领他去了后山王秃子的坟头，告之二十年前王秃子的下场……

商人黯然神伤，遂从县城里订购了大量很是气派的纸活儿，在王秃子坟头焚天而烧，并行了三跪九叩之礼，然后，拂袖而去，下落不明。

悬在半空中的裤子

五婶近来有点烦，一心期盼着邻居八爷赶快闹个小病小灾，好让她有机可乘。魂不守舍的五婶每天早晚都要去八爷家扭上几趟，就想知道八爷的近况。其结果很令五婶失望。八爷依旧“牙好，胃口就好，身体倍儿棒，吃嘛嘛香”。眼瞅着时令已进入腊月，那只放在窗台上的黑砂药罐，已周身落满尘土，五婶就愈发显得焦躁不安，心里一个劲地祈祷着：你就害一场病吧，即便打两喷嚏，抑或不小心摔一跟头，蹭破点皮都成。

这天下午，五婶又鬼使神差地来到了八爷家。光棍八爷正蹲在院子里洗一条黑裤子。五婶就和八爷说了些“今天天气哈哈”之类的淡话。就在五婶怏怏不快地离开时，奇迹出现了。起身相送的八爷突然唉哟一声，摇摇欲倒。惊喜参半的五婶忙扶住八爷，察言观色连声追问：“咋了？他八爷！哪儿不舒服？”八爷脸色蜡黄，额头直冒冷汗珠子。五婶搀着八爷坐稳在一只椅子上，八爷才缓过一口气，悠悠说道：“许是坐久了，猛一站起，眼前一黑，就想晕倒。”五婶说：“他八爷，人一上岁数，最容易得高血压、脑溢血啥的，你别动，我回家给你拿药去。”

五婶掩饰着激动，舍急慌忙跑回家，抓起那只药罐，顺手从房檐下扯下一把柴草，转身就朝八爷家跑，边跑心里边一个劲地说，谢天谢地，真有病了！谢天谢地，真有病了！

却说八爷在五婶走后，稍事休息，眩晕感就一点也没有了。八爷把洗好的黑裤子，搭在了靠近窗户的一根晾衣绳上，端起茶碗喝茶。一口茶刚刚进嘴，却看到了一路小跑的五婶。看见了五婶的八爷，心里猛然一格登，那口茶便堵在了喉咙里，憋得八爷直翻白眼。八爷看到了五婶拎在手里的药罐了。八爷黑丧着脸，怔怔地看五婶。五婶就有点不自在。

五婶扭捏着，这东西我都借去两个多月了，我的病早好利索了，再说马上要过年了，一天早晚看见它，心里就不美气，又没个合适的地方放，总担心被猫啊鸡啊给碰下来摔烂了！你瞧，我还给你拿来了降血压的野葡萄根儿哩。八爷阴着脸，声音甜不甜淡不淡，放那儿吧。五婶好尴尬。

讨了个没趣的五婶悄然走掉了。八爷望着那药罐，头上直冒火。涅阳西南乡有个规矩，药罐兴借不兴还，只兴药罐的主人上门来取，送药罐，就等于送晦气。八爷的心里像吃了苍蝇，他五婶啊，你不但还了，还选在这腊时腊月天，这不是成心咒我么？八爷越想越气，越气心口越堵，越堵越觉得喉咙里长了个啥东西，咽唾沫都疼。

天说黑就黑了，黑得有点神神秘秘。八爷浑身不舒服，晚饭也懒得做，就早早睡下了。躺在床上的八爷高低睡不着，越睡不着，越觉得喉咙疼得难受。坏了，莫不是得了食道癌？八爷越想越害怕，越害怕喉咙越疼。就这样翻来覆去，一直折腾到后半夜才昏昏睡去。

八爷似睡非睡中，忽然看到原本紧闭的两扇房门，吱吱哑哑地自动打开了，闪进一黑一白两个人，但却看不清他们的脸。一黑一白两个人抖着条哗啷啷直响的铁锁链，兜头就朝他脖子上套，勒得八爷喉咙一阵一阵地疼。

八爷一惊，方明白是阎王打发黑白无常来索命，便拼命挣扎着大喊救命！喊救命的八爷猛地从床上坐直了身，这才发觉自己做了一个怕人的梦。八爷惊出一身冷汗，心里扑扑通通像驴踢。惊魂甫定的八爷透过朦朦胧胧的夜色，突然真真切切地看到窗户上吊着一个人，两条看不分明的长腿，软软地悬吊着，晃过来晃过去。这可真要了八爷的命！八爷毛骨悚然地发出一声惨叫，“噗”的一声，拉出一床汤汤水水的恶臭……

二日一早，太阳已升起老高了，五婶发觉一贯早起的八爷门还没有开，头皮就猛然一紧，冥冥之中，五婶感觉事情不妙，等喊人撞开了八爷家的门，只见八爷瞪着牛胆一样的眼，死死地紧盯着窗户外晒衣绳上搭着的一条黑裤子，坐直了身子早已冰凉梆硬了。

就这么，八爷死了。

就这么，八爷让一条悬在半空中的裤子给吓死了……

魔　法

秋风尽了，粮草吃紧。蚁王下诏，特封大王子为大元帅，二王子、三王子为第一、第二副大元帅，辅佐大王子率兵攻打太阳山，以补充国库。蚁王说，太阳山有我们的内应，你们一定要牢记这份行军路线图和接应地点，按图索骥到达目的地后，与他们里应外合，一举攻克太阳山。

大王子初做头蚁，自然春风得意，威风凛凛地带领浩浩荡荡的三军跋山涉水向太阳山进发。为博父皇欢心，立功心切的大王子自作主张，抄近路直取太阳山，并身先士卒，披荆斩棘。不料竟遭遇伏兵，一场恶战，队伍大乱。好不容易突出重围，众蚁们发现大王子已不知去向，立时手足无措哭爹叫娘。

作为第一副帅的二王子接替了大王子的位置，众蚁们立时欢呼雀跃。二王子看着手中的路线图，再抬头看看眼前杀机四伏的崇山峻岭，不觉倒抽了一口冷气，自己如今一言九鼎，与其白白送死，还不如改弦易辙绕道而行。于是勒转马头，直奔官道而去。众蚁们不敢懈怠，争先恐后紧紧相随。正行间，一个四脚踏着圆形轱辘，名字叫作汽车的巨型怪物，挟着遮天蔽日的滚滚黄尘，轰隆隆天塌地陷般劈面而来。成百上千躲闪不及的众蚁们惊恐地惨叫着，眼睁睁被粉身碎骨，血流成河。二王子也已生死不明。

三王子只好重整旗鼓，带领队伍继续向太阳山进发。三王子也改变了行军路线，其理由有三：1. 大王子愧对父皇栽培，好高骛远有勇无谋，擅自改变路线，致使蚁军伤亡惨重；2. 二王子大不忠大不孝，自以为是目空一切，蚁军险遭灭顶之灾；3. 本王子临危受命，能与乱军之下集合起残兵败将已属不易，路途险恶，磨难重重，唯有独辟蹊径，才能化险为夷战无不胜。

太阳山依然遥不可及，三王子如惊弓之鸟，小心翼翼率众蚁背道而驰。一路上风声鹤唳草木皆兵，刚刚翻过一道隘口，天色突变，飞沙走石。众蚁们疲于奔命互相践踏。三王子混迹于众蚁之中抱头鼠窜。众蚁们一边逃命，一边纷纷声讨三王子与大王子二王子一样，是一个十足的傻蛋笨蛋王八蛋，草菅蚁命。三王子恼羞成怒，气喘吁吁反驳道，混账东西，你们知道老子不好，为何还要听命于我？话音未落，一股怪风扑面而来，倏然之间，三王子也已消踪匿迹。

失去了头领的众蚁们，没头苍蝇般乱成了一锅粥，互相践踏，死伤无数……

待三王子悠悠醒来的时候，竟然发现自己与大王子二王子置身太阳山山顶之上。父皇正襟危坐，不怒自威。三个王子匍匐于地不停地磕头，乞求父皇开恩，饶其不死。

蚁王怒道，混账东西，父皇要你们攻打太阳山是假，这太阳山多年以前就是父皇的了！父皇为何再三嘱托你们，务必遵从制定的行军路线吗？这是父皇在考验你们啊，想不到你们一个个一旦大权在手，便必走旁门左道！要知道你们遇到的那一场场灾祸的惩罚，其实就是父皇施展的魔法！父皇是要你们明白：一个大权独揽者，放着指出的正路不走，能造成多么大的负面影响，数以万计的普通民众会因此丧失生活的自信与希望，而盲目跟从！千万别忘了，无论你的身份如何显赫尊贵，其结果与普通的一味盲从者一样，都是要付出惨痛代价的，甚至是昂贵的生命代价！

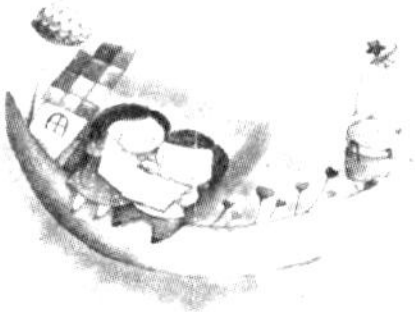

悬之又悬

这件事说起来不怕你笑话。

我是一个农村娃儿，我爹和我妈都是老实巴交的农民。他们整天只知道面朝黄土背朝天土里刨食，一年下来，除了吃喝，家里再没有一分的余钱。我好不容易考上了县里的重点高中，可家里实在拿不出供我继续上学的钱。没办法，十七岁的我只好在暑假里，从我们涅阳西南乡乡下来到了涅阳城，给一家液化气店打工挣取学费。老板交代给我的工作，就是每天专门负责为客户送气上门。汽油涨价了，老板为节约开支，摩托车换成了人力三轮车，这可就害苦了我。

那天的太阳热得有点邪乎，水泥路晒得滚烫，汗珠子滴上去“滋”的一声惨叫就没有了。我驮着钢瓶有点头昏脑涨。我近来肚子不好，拉稀，三轮车踏得吃力，踏一身臭汗，腿软得如煮过了头的面条。

曲里拐弯穿街走巷折腾了大约一个小时，才来到了约定的一片小区里。那家客户住在一栋楼的十层上，又恰逢限电，虽然有电梯但却成了摆设。我捂着肚子喘息了一阵，咬牙挺起瘦肩艰难地扛着三十多公斤重的钢瓶，顺着楼梯一级一级晃晃悠悠往上挪，中途歇了四次，嗓子渴得冒烟。

从这家的房间摆设和装修上，可以看出这是一个非常阔气的有钱人家。从他们家的卫生间门前过去，我往里边看了一眼，真是人比人气死人，他们家的卫生间比我们家的厨房还豪华干净。做完服务结了账，我便想讨口水喝，我不知道我的一身汗臭满屋乱窜已败坏了客户的心情。这客户大约二十五、六的样子，也是个男性，血气方刚的，留着一头板寸，那板寸根根直立，就像我们乡下野地里常见的小动物——刺猬，乍着一身的毛刺，逮着谁就扎谁。他皱着眉头厌倦地喝问我，赖在这干什么？还不快走？

我的脸就红了，嗓音干涩而嘶哑，我说，我，我想喝口水，就一口，我渴得难受。

他惊异地看了看我，一句话没说，夸张地伸展右手遮挡着鼻孔，用鄙夷的眼神指了指卫生间的自来水龙头。

我站着没动。我开始已经说过，我近来肚子不好，拉稀。我不敢喝生水，眼睛就盯向了客厅里的饮水机。

他立刻就明白了我的意思，尖刻地叫道，嗨嗨，知道那是什么吗？那是一桶二十多元的纯净水，你配么？

强烈的自尊让我的心猛然一疼，纯净水？不就是没有污染过的山泉水么，到了那儿喝撑死你，也没有人向你要一分钱，这怎么一运到城里装进透明塑料桶里，就变得如此金贵了？哼，乡下人穷，可乡下人大方，城里人富有，可就是小气！就在我尴尬地扛起换下来的空钢瓶准备走人时，我听到他的骂声，臭乡巴佬，也不看看自己什么熊样！我的血轰的一声冲上了头顶，回转身怒目而视。

"你，你想干什么？想脑袋开瓢么？"他脸上闪着油光抓起了案上的菜刀。

说老实话，望着那把晃动出一片亮色的菜刀，我的双腿抖个不停。我是一个乡下人，还是一个不起眼的孩子，怎能惹得起那些城里人呢？我想开溜，可两条腿软得怎么也不听我的使唤，差一点把一泡稀屎拉在了裤裆里。

我急出了一头热汗，脸上的汗水争先恐后地顺着鼻子尖，噗嗒噗嗒往下跳，在人家的红木地板上汪成了一片鼓鼓的圆。我没有办法，我非常无助，几乎要瘫倒在地了。

可我不敢倒下，尤其在这个城里人面前。

我不想让高高在上的城里人看我们乡下人的笑话。我想努力稳住心神再挺直身躯去出去。

可城里人不给我这样的机会，他不但菜刀一个劲地在我脸前晃动，而且骂得更加刺耳难听："怎么？臭乡巴佬，想打架吗？我他妈一刀劈了你!”

我的心猛然一缩，头顶上已感触到了颅骨被菜刀砍中那骇人咔巴声。

被逼向了恐惧边沿的我本能地紧闭双眼，抡圆了肩上的空钢瓶……

就这么，伤了胳膊的城里人被送进了医院。

就这么，我也被“请”进了派出所。

事后，我仍然庆幸没让城里人给开了瓢，如果那样的话，我家乡的老爸老妈谁来养活呀？这可真是不幸中的万幸啊！再后来，我也就渐渐模糊地认识到，不管是乡下人城里人，还是什么什么人，要是中间老有那么一层我怎么也说不清道不明的东西隔着，又是什么事不可能发生呢?!

迟来的爱

前不久，我应邀去西安参加一家杂志笔会，火车到了桂林南站，我对面的座位上坐下一个靓丽的年轻女子。女子好清秀，窈窕的身材，T恤配中裤，一头乌发行云流水般披散在柔嫩的肩头，玉脂样的鹅蛋脸白里透红，一对雾里看花似的杏眼，朦朦胧胧，摄人魂魄。女子高雅的气质令我怦然心动，不由多看了两眼。

靓丽女子动作优雅地拿出一份当天的《南国早报》，目光在长长短短的标题上搜寻着诱人的的新闻和故事。

这时，一个大约十八九岁着一身低腰露脐装的前卫女子，挤身在靓丽女子的旁边坐了下来。前卫女子浓妆艳抹，紫亮的口红触目惊心，低胸的上衣里夸张的酥胸呼之欲出。我有点不忍目睹。这年月的青春女子可真够大胆的，为追求“帅呆了，酷毙了”，众目睽睽之下，竟不惜暴露春光……

我正在暗自感叹，忽然觉得上衣的兜盖好像被人轻触了一下，我下意识地拍了一下兜盖，扭头朝身后瞅去，只见一个瘦弱成一根麻秆样的男子，软软地斜靠在我身后的椅背上。男子的一只手，蜷缩在横搭于胳膊上的一件T恤里，T恤的一角不偏不倚正巧搭在我的右肩上。我见那人一副若无其事的样子，便扭回头，调整了一下坐姿。就在这一瞬间，我被眼前的一幕惊呆了：浓妆艳抹的前卫女子身体微侧，大半个白得刺眼的酥胸一览无余，而她那只涂满紫色指甲油的右手，却伸向了靓丽女子的裤兜。我刚想张嘴喊叫，又迅速将脱口而出的几个字，生生咽了回去。

前卫女子的身旁站着一满脸横肉的大汉，一双暴凸的黄眼珠子正虎视眈眈地满车厢来回逡巡。这莽汉一定是前卫女子的同伙无异！这家伙插在裤兜中的手里，似乎隐匿着一把寒光闪闪的利刃，随时准备着在多事者发痒的身体上，上演白刀子进红刀子出的拿手好戏。

我伸长脖子，狠命咽下一口发干的唾液，急出了一头热汗。情急之中，只好朝靓丽女子眨了下眼睛，却发现靓丽女子令人迷醉的毛毛眼也正紧张地看着我。“傻妹妹哟，你看我干吗呀?”我心里一边叫苦不迭，一边又焦急地朝她拼命地挤眉弄眼。不料，她竟然也如法炮制地朝我频送秋波。这情景若在往常，足以让人神魂颠倒想入非非，但此时的我可不敢自作多情……

须臾工夫，“搞掂”了的前卫女子起身离座，模特般迈着猫步与大汉还有我身后的麻秆男子，相继离开了这节车厢。直到此时，靓丽女子这才失望地看着我的上衣口袋，不无遗憾地说：“先生，你的钱……”

我大惊失色，忙伸手一摸，发觉上衣口袋兜盖大开，装在里面的一千元现金不知何时已不翼而飞……

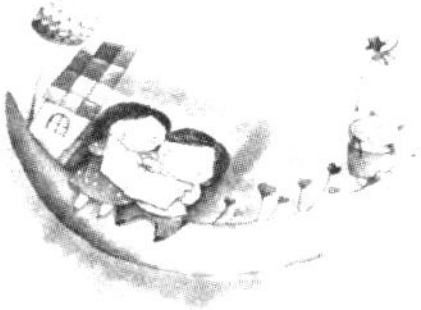

走马陈仓

……枪声稀了，硝烟淡了。

一条满是尖利石子的羊肠小道，被两个艰难爬行的血人涂抹成了一轴骇人的巨幅彩图。有风无声横空掠过，翻搅凝滞于空气中的粘稠血腥……

这一惊心动魄的场面，是刚和强在酒过三巡菜过五味之后，与某个星期六夜晚的共同回忆。

两条汉子遥想三十年前在硝烟中惨死的二十几条弟兄时，仍忍不住泪如雨下，一脸悲伤。

“大，大哥，喝，咱喝！”刚愧疚地紧盯着强那条空荡荡的右袖管，话语哽咽。

“喝，咱喝！”强擦去流到嘴角的泪水，举起了酒杯。

于是，两条汉子在泪眼凄迷中又重重地碰杯。刚仰脖灌下一口酒，大哥，我还是那句老话，成个家吧。强说，哥不是不想成个家，弟知道，子弹打在了那地方，哥已是个废人……

刚的眼圈又红了，大哥，让你上家里你偏不去，非要来这小宾馆，飞燕有意见呢。

强腾出左手掌用力搓了搓脸。三十年前两人康复出院后，强把一封断交信交给了回家探亲的刚，让刚转交女朋友飞燕，并拜托强替他照顾她。强要刚答应他永远保守秘密……

强说，大哥没看走眼啊，大哥已知足了，你是省模范监狱长又是省五一劳动奖获得者，飞燕跟了你值啊！

刚说，好大哥，我，我我……，喝酒，咱喝酒！

“喝！”强说。

“喝！”刚说。

“咣——！”酒杯再一次潇洒地碰撞，将厚重的兄弟情谊迸溅得满屋荡漾。酒逢知己千杯少，一条条突暴的青筋在两条汉子锃亮的脑门上争相炫耀旺盛的酒力。

杯盏交错，不觉已是夜半，浓烈的酒香仍四溢着无孔不入。日光灯咝咝喘吁着醉意朦胧。两条汉子的脸膛被五十二度的透明液体烧灼得愈加光辉灿烂。强用力转动着沉重的脑袋，你，你你监狱里，有个叫，叫陈列宝的犯人，听，听说，改，改造得不错。

陈，陈列宝？刚睁着惺忪醉眼愣怔半晌，忽然一拍脑门，是那个五短身材，大胡子的盗窃犯？大哥，你认识这人？

强摇摇脑袋，摇出一句轻描淡写，啊，不，不认识，只是听人说起过，偶然想起，随便问，问问。

刚说，哦，这家伙可是个出了名的反改造分子，屡犯监规，几天前还出手打伤了同监舍的人，现在还在小号里蹲着呢。

哦，强打了个酒嗝，忙抓起了酒杯，喝，喝酒，你那，那一杯，咋，咋还没喝完呢？

“喝，咱喝！”刚说。

“喝，咱喝！”强说。

于是，两条汉子又重重地碰杯。高脚酒杯里的透明液体一摇一晃地失去了依附，纷纷溅落在杯盘狼藉的桌面上……

……凶猛的火力如瓢泼大雨在小分队周围哗哗流淌。他们已陷入包围之中。他们边打边退守到一个无名高地上时，小分队只剩下了刚和强。左胳膊中弹的强右臂夹紧冲锋枪，扇形样一通猛扫，透过枪口飘起的蓝烟，一片灌木像割韭菜样齐刷刷被拦腰割断。对方的火力被暂时压了下去。强大叫着刚快快撤退。然而，一串火光从对面丛林里游窜而出。强纵身扑向了刚。一发冲锋枪子弹在强的下身洞穿出一个鲜艳的窟窿，血流如柱，把刚的眼睛刺得生疼……

“大哥！”刚大叫一声，忽地一下坐直了身子。一缕儿强烈的太阳光从拉得并不严实的窗帘边越窗而过，直直地照射在了床面上。刚揉揉被阳光刺疼的双眼，这才发现与他同床而眠的大哥不见了，一纸留言尴尬地爬卧在床头上。刚浑身一个激灵，一把抓了过来：

好兄弟：

大哥走了。原谅我的失礼！作为生死弟兄，我不能对你隐瞒这次造访的目的。陈烈宝是我大姑惟一的孙子，判了十二年。大姑思孙心切，盼望着孙子能早日减刑出狱，眼睛已哭成了半瞎，前不久探监时得知他又被关了禁闭。大姑一急竟一病不起，咽了气还一直抓着我的手久久不放。大姑知道我俩的关系，可她老人家到死都没有向我开口。失亲的痛苦让我终于厚着脸皮找你来了。这次假借出差路过与你一起叙旧的理由，说穿了，其实是想明修栈道暗度陈仓。好兄弟，原谅大哥的不辞而别，我实在没有勇气正视你的眼睛……

大哥，匆匆于凌晨五时。

刚一目十行读完留言，掏出手机一通猛拨，一个温柔的女声频频提示：你所拨打的用户已关机。刚飞身冲出宾馆，驱车直扑客车站，然而，省城直达涅阳的客车，早已绝尘而去……

第二天，刚拨打强办公室的电话，也无人接听。

不久，强收到了刚的一份传真：

大哥，那晚酒场上我已看出你有话要说，谢谢大哥的理解与支持！实在对不起，陈仓无路啊。

手枪啊手枪

春末夏初的某天中午，天闷热闷热的。在一幢三层楼上临街的一个房间里，韦小军神情呆滞地坐在写字台前，眼睛透过打开的玻璃窗，居高临下直直地盯白花花的街面出神。街对面，不知哪家商店里招徕顾客的组合音响，正播放着一个男人声嘶力竭的歌声："……阿里，阿里巴巴，阿里巴巴是个快乐的青年。呕，呕，芝麻开门，芝麻开门……"

韦小军双眉不由得"嘣嘣"跳了两跳，便慢慢地扭过脸去，那双神情恍惚的眼睛透过轻纱般朦胧的粉红色蚊帐，瞧了瞧床上正在午休的老爸和老妈，瞳孔忽然一亮，眼光紧紧地盯聚在老爸的枕头下面——那是爸睡觉时常放手枪的地方。与此同时，一个声音在韦小军的耳边震响："你这个不争气的败家子，下次两门主课再不及格，老子非一枪崩了你！"

韦小军打了个冷战，痛苦地闭上了眼睛。他想起这是段考考试前，老爸从学校开完家长会回来，铁青着抽出皮带狠揍了他一顿后，用手枪点着他的鼻子尖儿发出的最后警告。老爸是县公安局的刑警大队长，经常与坏蛋打交道，他确信老爸从来就是说一不二。

可怕的考试终于结束了，韦小军彻底绝望了。

今天是星期五，学校又通知家长星期六上午开家长会。哦，天哪！考试成绩再也隐瞒不住死要面子的老爸了！想到那黑洞洞的枪口，他不禁心惊肉跳。老爸呀老爸，在学校老师逼，回到家里你也逼。除了吃饭、睡觉，成天就是念书、作业，作业、念书。唉，更别说逛街或玩一下电脑看一眼电视了！上学真是活受罪，坐看守所还有个放风的时候哩。韦小军怨恨地想着。

街对面的组合音响里那男人还在拼了命地唱："……阿里，阿里巴巴，阿里巴巴是个快乐的青年。呕，呕，芝麻开门，芝麻开门……”

韦小军心里又是一阵酸溜溜地难受，不觉低下头去瞅着两条胳膊上，老爸用皮带抽出的结了血痂的伤，双眼立时充满了委屈的泪水。

时间在默默地流逝。韦小军望着蚊帐中熟睡的老爸，一个危险的报复念头促使他慢慢站了起来，“哼，想打死我，没那么容易！”他想抢在老爸的前头先下手为强了。韦小军战战兢兢地向老爸的床头靠过去，一双小眼睛死死地盯着老爸的那张脸，右手哆哆嗦嗦小心翼翼撩开了蚊帐一角，无声无息地伸向了老爸的枕头下面。

枪，终于到手了，韦小军却茫然了。

老爸其实并不坏，高兴时也对他是有求必应。韦小军小时候，老爸给他买的玩具，早就挂满了墙、堆满了床。进入小学一年级后，望子成龙的老爸又对他的每次考试成绩实行了家庭奖学金制度：六十五至七十分，奖励人民币伍元；七十五至八十分，奖励人民币拾元；八十五至九十分，奖励人民币贰拾元；九十五至一百分，奖励人民币叁拾元。若带回奖状一张，另奖人民币伍拾元，并由父母陪同进肯德基饱餐一顿。

说来也绝，韦小军从一年级到三年级，一直都是名列前茅，于是也就拿了不少的奖学金，因此在同学们中间便成了出手阔绰的“花花公子”，不少同学都形影不离地追随其左右。就连学校大门口那些摆卖各种糖果、小吃的小摊贩们，大老远地见了这位阔气的小主顾，脸上都爬满了巴结讨好的笑。

韦小军老爸的胖脸上也经常被一种满足的笑容所笼罩，对他的独生子爱得更深了。

韦小军玩具枪玩腻了，老爸便毫不犹豫地把胳肢下的佩枪摘下来，手把手地教他怎样拆装、怎样压子弹、怎样射击等等。

有一天，韦小军趴在床上，闭着眼睛熟练地拆装好老爸的手枪后，突然问道：“老爸，枪毙坏蛋，打哪儿里坏蛋死得最快最彻底?”

韦小军的老爸望了望他，平生第一次岔开了话题：“娃儿，咱不玩枪了，我给你讲个故事吧。”

“不嘛。”韦小军跳起来，撒娇地偎依在他老爸的怀里，“老爸，你告诉我嘛!”

韦小军的老爸拗不过他，只好含糊其辞地说："一般来说，都是打的眉心啊，太阳穴啊，不过也不一定。"

韦小军顺利升入四年级后，新结识了十来位公子哥儿、"小皇帝"们，眼界大开，学会了抽烟、喝酒、泡网吧……然而，乐极生悲，在接连的两次考试中，韦小军的成绩令人震惊地一落千丈，两门主课从满分跌至可怜的及格线。韦小军老爸平生第一次赏了他两记狠狠的大耳光。

一贯娇生惯养的韦小军何时受过如此窝囊气？愤而出走，在外地过了一星期的流浪生活，最后竟奇迹般地碰上了老爸部下的一位叔叔，被"押送"回了家。

韦小军不得不重新踏入了学校的大门。

两次段考又结束了，韦小军的两门主课竟双双拿了四十来分，老爸终于忍无可忍，又接连重赏了他两顿冷皮带，并下了最后通牒……

韦小军心想，看来这次不下狠心，自己就要像那些坏蛋一样，被老爸押赴刑场脑袋开花了。

韦小军握枪在手，压弹上膛，打开了保险机头，黑洞洞的枪口抖抖索索地抬起来，指向了老爸的脑门。

突然，睡在床那头的老妈翻了个身，韦小军的吓得连忙掉转了枪口。

韦小军望着老妈慈爱的脸，鼻子陡然一酸，眼圈发热，嗓门发堵，真想扔了枪，搂住老妈痛哭一场。韦小军想，老爸死了，我跑走了，再也不回来了，剩下老妈一个人多可怜啊！不行，我不能这样做！想来想去，韦小军决定只有自己一死了，他想留给老妈一封信自己再去死。

亲爱的老妈：

老爸老打我，骂我不争气。这次考试我下了九牛二虎之力，可一天到晚总觉得前后左右都晃动着老爸那黑洞洞的枪口，我提心吊胆，注意力总是集中不起来。我恨老爸想用他的枪打死他，可我又怕老妈可怜。老爸说我考试不及格就要一枪崩了我。这次考试，我语文、算术都是不及格。老妈，我不想看着让老爸打死我，我只有自己打死自己了。老妈，你养了我十三年，我真不想离开你呀老妈，我的好老妈。

你的儿子：小军

滴满泪痕的遗书终于写完了。韦小军依依不舍地放下手中的钢笔，扭过头泪眼模糊地最后看了看睡梦中的老妈足足有两分钟，这才一咬牙，拎起手枪，慢慢地举起，将冰冷的枪口顶在了自己的太阳穴上，双眼无可奈何地一闭，涌出两股无声的热泪，缓慢地扣动了扳机。

“嘭——！”

随着一声沉闷的枪响，韦小军那小小的身子便软软地倒卧在血迹斑斑的地板上。子弹穿透了他那充满幻想的单纯稚嫩的脑壳儿，从左太阳穴的上方飞了出去……

沉闷的枪声将韦小军睡梦中的老爸老妈惊得一下子蹦了起来。

韦小军的老爸本能地迅速一把扯开蚊帐，右手飞快地朝枕头下摸去……

与此同时，韦小军先跳下床来的老妈却“啊”的一声惨叫，两眼惊恐地瞪着靠窗的写字台下，整个身子直直地僵成了一尊雕塑。

一张溅血的纸片儿从写字台上悄然落下。韦小军的老爸慢慢下得床来，神情呆滞地蹲下身捡起了它，突然发出一声哀号：“娃儿——，娃儿——，是老爸害了你呀！”随即跌跌撞撞地扑将上去，单膝跪地，将儿子娇小的躯体紧紧地搂抱在臂弯里，发疯般地摇晃着呼喊着……

韦小军非常听话地静静地躺在他老爸的怀里，眼睛睁得老大，嘴巴张得老大，沾满鲜血的右手里还紧握着那把乌蓝的手枪……

疼痛的记忆

沉甸甸的年轮巨著无情地掀过了 24 页岁月的厚重，虽然当时鲜活的纸面已被历史的尘烟，熏染浸淫成了字迹模糊的脆黄纸片，但记载有关我家乡涅阳西南乡彭村里的那则辛酸故事，仍恍然如昨，记忆犹新。

1983 年 8 月 16 日是村花娟姐出嫁的大喜日子。个子高挑、唇红齿白、梳着两条油亮大辫子的娟姐，为留住自己的少女风采，在县城置办嫁妆时，顺便照了一张相片。

如果娟姐不照这张相也就没有了后来的遭遇，可爱美的娟姐不仅照了，还要求上彩。那时候还没有彩照，皆是清一色的黑白照，要上彩，相片洗出后，需用彩笔在图像上仔细描摹，非常费工费时。因此，照相师父允诺她第四日上午来取。

14 日一大早，娟姐便骑着借来的一辆“红旗”牌单车，兴冲冲去了 20 公里外的县城。可直到天色已晚，娟姐仍没有回来。

娟姐的弟弟便独自踏着月色去接她，一去半天也不见了踪影。

娟姐的爹和妈一次次跑向村口，紧盯着那条破布条一样细瘦的灰土路，四只眼几乎急出血来。

夜半时分，娟姐的弟弟失魂落魄地一手推车一手搀扶着脚步踉跄的娟姐终于回来了……那一夜，娟姐家男人骂女人哭乱成了一锅粥。

翌日，娟姐在回村的路上被坏人糟蹋了的消息不胫而走，很快便传到了邻村娟姐未来的婆家。

婚事就这样黄了。

在原定出嫁的前夜，哭肿了眼睛的娟姐一把剪刀割破自己的右手腕，等胆战心惊一直陪睡在娟姐房中的娟姐妈发现时，流到床边地上那摊殷红刺目的血浆早已凝固了……

娟姐悄没声息孤零零一个人走了，可她的右手里仍死死地攥着那张上了彩的黑白照片，上面非常妩媚，鹅蛋脸上张扬着迷人的粉红，一双水灵灵的大眼睛在漆黑浓密的长睫毛下浑然不觉地望着伤心欲绝的亲人们幸福地微笑。

痛心疾首的娟姐妈要一把火烧了这张害死了娟姐的照片，可娟姐的弟弟死活不依，硬是把那张照片放进了娟姐的棺木……

若干年后，娟姐的弟弟大学毕业后成了一家报社的摄影记者。

上世纪末期，曾被大江南北无数报刊争相转发，在全国引起巨大轰动，后来荣获国家大奖的那幅著名的人物照片，就是出自娟姐的弟弟之手，这已是后话了。

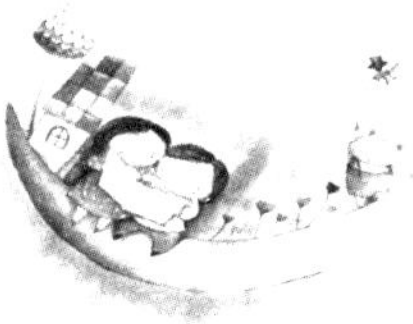

习 惯

某机关家属院，人清闲，A、B、C、D四君嗜酒如命，遂不谋而合结为酒友。

日暮，四君必相邀，酒几散见于或明或暗灯烛下。

是时，绰绰大院，茶烟酒肴之香扑鼻，猜拳行令之声盈耳。酒至半酣，座中人皆红云拂面，飘飘欲仙。

A君，袒胸露怀，高谈阔论，珠玑妙语频频出；

B君，唾液横飞，远古未来、天南地北无不涉；

C君，乜目而视，常半道截杀，言虽吝，然语惊四座；

……

四君云天雾地，天花乱坠嬉叱约更尽，灯残屋醉。诸君必有三，方离座，口中念念有词，做蹒跚状，飘飘然，手舞足蹈，渐次散匿于花丛巷尾……

始，院人皆怨声载道，久之，竟习以为常。

一日，四君为公务，相偕下乡，因主人盛情难却，致使贪杯客宿。

是日，家属院，暮鼓九响已过，仍不闻常闻之声。

院人皆惊诧，疑出事，争相问，终不知所以然，遂面面相觑，惶惶然，周身不适，怅然若失也。

翌日，四君归。

晚，常闻之声忽起。众人闻之，不啻久渴遇甘霖，精神大振，方展眉吐气，复安。

我比窦娥还冤。

那天，天一直阴沉沉的，在充斥着拥挤和噪音的城市上空，憋得嘴脸乌青的老天犹如患了便秘症，该下的雨一丝儿也下不来，把人的心情搅得糟糕透了。我在电脑前枯坐半日仍敲不出一篇小说的开头，便来到邕江边向一江碧波寻找灵感。谁料，灵感没寻到，反寻来一场官司。

我在江边酝酿情绪，一个人提着一筐水果贴上来，要吗？真正的湖北大梨。

我摆了摆手。他死缠烂打，要一点吧，又甜又解渴，1元1斤，便宜哩！我看了他一眼，他与我一样的年龄、个头、发式，不胖不瘦，也操着一口普通话。我不想受此干扰，说没有零钱。他眼睛一亮，一连声地说，没事，没事，我有零钱。

我拗不过，就称了一些。递过张百元大钞，他补回我一卷零钱。

我数了一下，发现少了10元。他重新数了一次便笑了，对不起，真错了，我补给你。我目不转睛看着他将5张2元添进去，又数了一遍，重新卷起来给我。我收下了。

我啃完了一个梨，依然找不到一丝儿灵感，就走到一旁的报刊亭欲买一份新到的杂志，掏出钱却傻了，那卷钱刚才明明是98元，眨眼工夫咋变成了43元？

报刊亭主人说，“鬼手”，刚才卖梨的那人肯定是“鬼手”！我明明眼睁睁盯着他数过了，怎么就少了呢？难道他有特异功能？会什么障眼法不成？我开始满世界乱窜着寻找“鬼手”。

最终，我在一条小巷里发现了他，一把扯住了他的衣袖。他一见是我，便惊恐地拼命一挣，丢下半筐大梨逃之夭夭，而我的右手里还紧攥着从他身上扯下的一条衣袖。袖筒里耷拉

出的一条不起眼长线引起了我的注意。拉出一看，线的两头分别拴着一只小环和一个微型的弯铁夹子。

袖筒里为何藏着这样的东西？稍一思索，我恍然大悟了：这玩意一定是他玩弄“鬼手”的道具！

我好奇地摸索着把它塞进左袖管，想了想，又横过胸部，又想了想，便穿进了右袖管。我拉拉夹子，没什么反应，又轻轻拉拉小环，另一头的夹子竟在袖管口神秘地伸缩自如了。那一刻，我恍然大悟，噢，原来“鬼手”是让这个小夹子夹住钱，藏进袖筒里，怪不得我一直盯着却没有

发现他偷钱的动作。

正在我为这个发现惊奇时，斜刺里突然窜出几个人，一把将我捺住了，可抓住你了，别以为你换了衣服我们就认不出，看这筐、这梨、这秤！不是你小子又能是谁？呀！这什么东西？我一边申辩，一边实话实说。哟嗨，你小子还敢在这里偷练工夫呢，人赃俱获，打110，打110！

一见警察，我的眼泪便下来了，我说，警察同志，我冤啊！……最后亏得那位报刊亭主人为我做证，我这才虚惊了一场。

城里的钱也不好挣

都说城里遍地是黄金，两手白拙的我禁不住诱惑，心急火燎扔下十几亩肥得流油却挣不来啥钱的责任田，撇下妻儿老小，没头苍蝇般闯入这座别人的城市里，靠出卖廉价劳动力换取让人激动的老头票养家糊口。可事与愿违，我的命不好，所有的好事在降临到我头上的最后一刻便化成了泡影，而坏事却在来临之前没有一点儿的预兆，突兀得有点措手不及。

我曾在一家建筑工地出力流汗了半年，工头却总埋怨资金不到位，一直拖欠着工钱。快竣工时，工人们急了，工头保证月底一分不少地发。可一个星期后，工头竟卷上钱溜之大吉了。

身无分文欲哭无泪的我凭着勤快利索，终于又在一家小餐馆寻到了一份打杂的工作，管吃管住每月三百元。可谁知好梦不长，一个多月就被炒了鱿鱼。

不是因为我干得不好，而是我看见了不该看见的东西：

那天晚上餐馆打烊时还不到十一点，家里老婆今早打来电话向我要种地的肥料钱，说没有五百元解决不了问题，离月底开工钱的日子远着呢。我初来乍到，不好意思张嘴预借，愁得实在睡不着，便独自溜出门在灯红酒绿的大街上耷拉着脑袋瞎转悠，不想转来转去却与灯影里两个搂抱在一起的人撞了个满怀。

我吓出了一身冷汗，如今城里年轻人个个像吃了枪药，一点就炸，皆是不好惹的主儿。一旦与之遭遇了，能躲就躲，不能躲就只能装孙子，否则，定会吃不了兜着走。我点头哈腰做出一副汉奸样，结结巴巴变腔失调地说：“对，对不起！真是对不起！我我我，眼睛近视，是个瞎子。

请高抬贵手，把我当做一个臭屁放过去吧，我向你们赔礼了！”

照以往的经验，这样低三下四作践自己，均能大事化小小事化了。可这次却不灵验了。他们目标转移，趁势把我当成了一肚子欲火发泄的工具。那女人不是省油灯开口就骂：“撞了人还装什么孙子？是不是皮痒了找抽呀？”男人也瞪着牛蛋眼装腔作势：“要眼睛出气哩？我他妈扁了你！”

我闻听竟乐了：“唉哟我的妈呀，是你们啊，吓死我了！”你再猜也猜不到我撞着谁了？灯影里缠绵着叽叽叽乱啃的男女，竟是我们餐馆里的大厨浙江小伙子大刘和半老徐娘风韵犹存的老板娘！

虽然我一再强调绝对守口如瓶，但第二天还是被辞退了。一个月零十天，老板给了我四百元，另外又硬塞了一百元说，你其实不错，以后不管到了哪里千万别再手脚不干净。我操，我啥时候成小偷小摸了？但转念一想很快就明白了，眼睛一热，苦笑着说，我知道为啥了，并告诫老板，别光忙着做生意，小心后院起火！然后，揣着五百元走出了餐馆。

唉，我不会再操餐馆的闲心了，当务之急还是先把肥料钱寄回家，再尽快找到一个打工挣钱的地方去。阿弥陀佛，为了远在天涯的那个家，那就继续找吧！

迟到的拜祭

半月前，一位寻亲的台湾商人来到了我们家。台商自称姓赵名耀祖。我大惑不解，这台商肯定是找错了人家，我们家的老亲旧眷从来和那个小岛没有任何瓜葛。我摇了摇头。台商并不死心，小心翼翼地探问道：“贵府是不是五十多年前，住在小城老街口右首白房子里的金氏家族？”我依旧茫然。爷爷在世的时候，也没有听他细说过家史，我也从来不知道老街口还有这么一座白房子。

台商黯然神伤，面对着手中一张放大了的发黄了的女人照片喃喃自语：“哦，妈妈，儿子原以为按图索骥就可了却妈妈的遗愿，想不到沧桑巨变，几十年前的这座弹丸小城，已一跃成为了现代化都市，肮脏狭窄的老街口消失了，妈妈梦中的白房子不见了，就连老街口在什么位置，都没人说得清楚了。妈妈，这么多年来，儿子一直都在寻找住在白房子里的金姓后人，可总是难以如愿。妈妈，原谅儿子不孝，儿子实在无能为力了！”

伤感的台商默默接过我递过来的一杯清茶，苦笑着道了一声谢谢。目光忧郁的赵姓商人轻啜着茶水，沉默良久，心有不甘地向我道出了一件往事。

解放前夕，我年轻的妈妈还是迁来小城的上海女子师范里的学生，一天下午，到街上买生活用品的妈妈，在老街口遭遇了一街痞流氓。妈妈慌不择路，逃进了一座虚掩着门扇的白房子。紧追不舍的街痞长驱直入，扯烂了妈妈的白纺绸上衣。妈妈大呼救命。一个戴着金丝眼镜穿蓝色长衫的中年男人，闻声冲出了书房，一把推开了骑在妈妈身上的街痞。街痞恼羞成怒，一拳砸碎了中年男人的眼镜，鲜血立时流满了中年男人的脸。中年男人毫不退缩，一边掩护着我妈妈快跑，一边与街痞扭扯在了一起。妈妈手掩着裸露的前胸，一眼认出了这中年男人是妈妈学校的老师金一浩先生。

就在妈妈浑身颤抖不知所措的一瞬间，街痞竟丧心病狂地拔出匕首刺向了金先生，在妈妈的尖声惊叫中，穷凶极恶的街痞落荒而逃。残阳如血，惨白的房子里，怒目圆睁的金先生死在了妈妈的怀里……

妈妈没有来得及为金先生送葬，在解放军的隆隆炮声中，女子师范的学生被裹挟着到了小小的台湾。小城老街口右首的白房子，可怜的妈妈半个多世纪梦萦魂牵，一直不能梦圆，直到十年前，妈妈临咽气前满脸流泪留下了遗言，要我有朝一日，一定要带上她年轻时的照片，回大陆找到金先生的后人，于清明时节上坟拜祭她的老师金一浩先生。

听到这里，我早已泪流满面。我激动地告诉台商赵先生，我就是金先生的后人，我虽然不知道白房子在什么地方，但我可以带他去一个地方……

第二天，淫雨霏霏。在郊外山坡上的一座墓碑前，我沉痛地对赵先生说，这里长眠着一位五十年前的教书先生，他是我爷爷的伯父我老爷的堂兄，他的名字叫金一浩。赵先生双膝一软，扑通一声跪在了坟前……

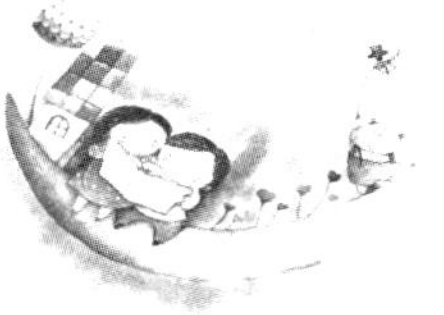

奇　病

老局长退休后得了精神病，丢了、忘了许多东西，唯独没丢、没忘几十年养就的钓鱼嗜好。

清凌凌的邕江水淙淙流淌着，昼夜不息。

孤独的老局长逃离了自以为过于喧嚣嘈杂由钢筋和水泥滋养的城市森林，一个人悠悠然扛着鱼竿提着鱼篓潜入江边来钓鱼。

在一环清幽水流和缓处，神情严肃的老局长择一表面光洁的大石坐下来，端起每天都不离左右的不锈钢茶杯，轻抿一口，威严地咳了一下嗓门，环视了一眼低吟浅唱的江水，便动作优雅而娴熟地抛下了鱼钩。

鱼儿上了钩。

老局长高扬钓竿，从钩上摘下活蹦乱跳之鱼，便高兴至极，便笑，便叫，便手舞足蹈地乐，还对着粼粼江水嘹开吼咙粗腔野调地唱：“让我一次爱个够，给你我所有；让我一次爱个够，现在和以后……”

清凌凌的邕江水淙淙流淌着，昼夜不息。

孤独的老局长逃离了自以为过于喧嚣嘈杂由钢筋和水泥滋养的城市森林，一个人悠悠然扛着鱼竿提着鱼篓潜入江边来钓鱼。

在一环境清幽水流和缓处，神情严肃的老局长择一表面光洁的大石坐下来，端起每天都不离左右的不锈钢茶杯，轻抿一口，威严地咳了一下嗓门，环视了一眼低吟浅唱的江水，便动作优雅而娴熟地抛下了鱼钩。

鱼儿就不上钩。

老局长就甩了钓竿，就神情沮丧，就哭，就气，就怒发冲冠地恼，还泪流满面地唱：“我的黑夜比白天多，不要太早离开我。”就两句，就这么两句，然后便高举双臂朝远处飘来的几叶扁舟愤怒地吼：“为什么？为什么？老子当局长的时候，哪次钓不来鱼？啊!?”

狗日的柴禾

……家里没柴禾烧了，我没有办法呀！三十年来，这饱含屈辱羞愤的喊叫一直追随缠绕在我的左右，像一把钝刀不停割切着我生命早期里的一段记忆，使我不堪折磨的心伤痕累累痛彻肺腑。这种伤疼犹如一个人患了风湿病，一逢雨天就隐隐作疼。那一年，我刚满八岁。

八岁的我与小伙伴们捉迷藏，钻进了生产队场院里一个麦秸窝里睡着了。等我被一种窸窸窣窣的声音惊醒时，月亮已爬上了高高的麦秸垛，伙伴们也早不见了，可我却看到了偷麦秸柴的二婶。小小的我立时就有了某种预感：我和二婶之间肯定要发生什么事。

生产队的麦秸垛圆鼓堆堆的，一座连一座，像极了一个个诱人的大白馍，可那是用来喂牛的。生产队分给社员的粮食少得可怜，柴禾也奇缺，就连我们这些小屁孩，家里大人也要我们去沟边去野地里拾柴禾。家家烧的柴禾灶，遇到难烧的湿柴，还要鼓着腮帮子拼命往灶膛里吹，嘴都吹木了，吹肿了，还不见火苗，老冒着一股一股的浓烟子，满屋乱窜，呛得人眼泪鼻涕争先恐后流，咳嗽得肚子里的肠子乱打滚，难受死了。

二婶家肯定是没柴禾烧了。我一动不动不敢吭声，怕吓着二婶。我二大，也就是我二婶的男人早死了，留下不大不小三个娃儿，他们是大大儿，娃娃儿，还有小叽儿。他们一天到晚脏兮兮，鼻涕呔咳，我都懒得和他们玩。

就在二婶背起一捆柴禾要走时，却被队里的掌鞭儿牛二发现了。在我们涅阳西南乡彭村里，牛把式都叫掌鞭儿。掌鞭儿牛二是个老光棍，都五十多岁了，还是个秃子，脸上的皮肤都打了褶，身子细麻了条，像个贪嘴的瘦老猴，走起路来，一个肩膀头高，一个肩膀头低，牛邪得很。他手中牛鞭儿扯得叭叭响，我们都怕他。

二婶年轻，人也白俊，眉眼里总汪着一池水，迷死个人。

掌鞭儿牛二要把二婶交给生产队长。偷了集体的东西，要罚工分，还要游街。

二婶当时就瘫了。

二婶央求掌鞭儿牛二看在她们孤儿寡母的分上，高抬贵手放她一马。

掌鞭儿牛二笑了，真的就高抬了贵手，手爪子就从抓着二婶的胳膊上，蛇一样地移到了二婶的胸脯上。

二婶浑身发抖。掌鞭儿牛二打褶的脸皮一抖一抖的。

掌鞭儿牛二说，不送也行，我放你一马，可你得答应我！

就这么，掌鞭儿牛二按倒了二婶。

就这么，掌鞭儿牛二把二婶当马一样骑上了，还疯狂地颠簸来颠簸去。

就在掌鞭儿牛二疯了一样啃咬着二婶，二婶木头一样任掌鞭儿牛二骑来骑去的当儿，我惊兔一样窜出麦秸窝，一溜烟地跑远了……

我害怕极了，没敢告诉任何人。可第二天二婶却疯了。

我知道二婶是被骑在身上的掌鞭儿牛二咬疯的。掌鞭儿牛二一定是个疯狗。后来，二婶总在路上拦住我，嘴里重复着几句话："我守了十年的清白呀！家里没柴禾烧了，我没有办法呀！"二婶嘴角满是白沫，眉眼里总汪着的那一池清水不见了，眼睛里白多黑少。我吓得屁滚尿流落荒而逃。再后来，二婶见人就重复那几句话，村人都听烦了。再再后来，疯得鸡不认得鸭子的二婶掉进村边的水坑里给活活淹死了……

带响的弓箭

父亲心灵手巧，用一根弹性十足的树枝、一条破裤子上的松紧带、一只神奇的笔杆，给十一岁的我做了一张带响的弓箭，使我一下子成了上世纪七十年代我们涅阳西南乡彭村里的孩子王。

一个月明星稀的夜晚，我手握弓箭，率领一群“八路军”与“鬼子兵”展开了一场血战。“鬼子兵”伤亡惨重，四散奔逃。就在我单枪匹马追击“鬼子”，路过麦叔家破败的土坯小院时，突然被一声尖叫吓了一跳。“你你你，别过来，再过来我就扎死你！”这是麦叔的新媳妇花婶的声音。四周不见花婶的影子，我坚信是“鬼子兵”窜进了花婶家，于是翻过土墙上的一个豁口进了院。

上房亮着煤油灯，门虚掩着，里面声音杂乱。我扒住门缝一看，屋内一灯如豆，花婶背靠一张大桌，双手握着一把剪刀指着一个男人。

男人高大的身影背门而立，我看不清他的脸。

花婶呼呼喘息着：“滚，你你你，你滚！”

男人笑了：“嗬，实话告诉你吧，你太美了，自打你进了彭村，我就一直想着你！你害我夜里老是做梦，裤衩子弄得污里叭叽，四五条都换不过来！”

我听出这是村长陈老四的声音。

花婶怒骂道：“畜生！你是畜生！再不滚，让我男人回来活劈了你！”

村长陈老四又笑了，笑得我身上直起鸡皮疙瘩：“嗬，嗬嗬，你男人麦子被我派去看护庄稼了，他回不来。你要遂了我，年底的救济款我给你家五十块！”

花婶好看的粉脸白得一塌糊涂，紧攥在手中的剪刀索索直抖：“畜生！滚！俺不稀罕！”

村长陈老四奸笑着猛然一窜，劈手夺过花婶的剪刀，“叭”的一声，扔远了，他抱住了压抑着哭声拼命挣扎的花婶，一张臭嘴在花婶急急扭摆的脸上又啃又咬。

我脑袋“嗡”的一下胀得老大，里面针扎一样疼。我想起了三年前偷柴的二婶，二婶就是这样被掌鞭儿牛二咬疯的。我担心陈老四也是一条疯狗。我急了。我要救花婶！

透过门缝，我将箭杆搭在了弓弦上，瞄准了陈老四，咬着牙使出吃奶的力气，狠狠一拉，又一松，“啾——”，带响的弓箭尖叫着怒射在了陈老四肥大的屁股上。陈老四一声惊叫蹿起老高。我一缩身子躲进了黑暗里。陈老四惊惶失措窜出花婶家，急急地夹着尾巴翻墙跑了……

我害怕地溜回家，把那张弓填进灶洞烧掉了，可仍然担心陈老四会知道是我干的。因为全村子只有我有一张带响的弓箭。不久，果然就出事了。父亲农闲时常偷偷编一些箩筐走村串乡地卖，被村长陈老四扣上了一顶投机倒把的帽子批斗游街了。望着挨了斗后唉声叹气的我父亲，我觉得自己一下子长大了。我不想再做孩子王了，我想将来一定要做一个能管住村长的大官，首先就把作恶多端害人的陈老四一把撤了，游街示众……

尿湿了裤子你办法

1975年中秋节傍晚，11岁的我堂哥孤独地骑坐在他们家颓败的土坯墙头上，仰望着夜空中月饼样又大又圆的黄月亮不停地吞咽口水。

我堂哥是我的一个远房堂哥，他是个孤儿。

我堂哥的臭老九右派爹也就是我大伯是我们彭村中学的前校长，一年前用一根麻绳“自绝于人民”了。大娘搂着我堂哥哭了一夜，大娘说，她上了支书刘大的骗了，刘大说只要她让他骑一骑，就不让你爹当右派了，可娘被骑了一次又一次，你爹仍然是涅阳西南乡最大最反动的右派分子……当家里土墙上的广播匣子洪亮的“东方红太阳升”的乐曲声唤醒我堂哥时，天已经大亮了。就在这每天清晨都要响起的早祷之声中，我堂哥发现娘也随一根麻绳寻爹去了。

是我爹收留了我堂哥。家里粮食不够吃，我妈对我堂哥总是黑眼来白眼去。过节了，我妈把走完亲戚剩下的4个月饼摆在毛主席画像前孝敬之后，就可拿下来分吃了。我妈不想分给我堂哥，想让我和妹妹多吃点，要我堂哥去外边玩。我堂哥求救似的看着我爹，我爹屁都没放，他也怕我妈。我堂哥只好出去了。

高挂的月饼样黄月亮可望不可及，骑在土墙头上的我堂哥正望着月亮咽口水时，听见邻居支书老婆对七队队长黄四说，刘大不在家，去看望五保户了。黄四说，我给支书拿了一斤月饼，我走呀。想起支书，我堂哥就想起了死去的娘，泪就下来了。爹是支书斗死的，娘是支书骑死的，我堂哥恨死支书了，仇恨的目光就剜向了支书家，就剜见支书家堂屋的毛主席画像前摆着的几摞月饼，还有提着裤子往厕所跑的支书老婆。一个念头在脑中一闪，我堂哥就飞快地溜下了墙头。

当我堂哥闪进支书家堂屋时，右手里多了一根上面粘满屎尿的柴棍，我堂哥抓起一个月饼塞进衣兜，便恶狠狠朝几摞月饼上抹屎尿，我让你们吃！我让你们吃！堂哥正抹得热火朝天时被支书老婆抓住了。支书赶回来掴了我堂哥一个耳光，这月饼是孝敬伟大领袖毛主席的，你这么弄是污辱毛主席是反革命！我堂哥说，我没想污辱毛主席。支书说，都抓了现形了，你还不承认？我堂哥说，我没想污辱毛主席。支书说，不承认就送你这个小反革命去公安局！我堂哥吓得浑身一抖，一泡尿就尿进了裤子里。我堂哥哭了，又哭娘又哭爹，哭得惊天动地。

支书虽然心疼他的月饼，但我堂哥这么一哭他就没有办法了，就拧着我堂哥的耳朵送到了我们家。我妈惊讶得变脸失色，蹿起来掴了我堂哥一耳光，找死呀，你污辱毛主席可是反革命的呀！我堂哥身子一抖，又尿了一回裤子。

这以后，我堂哥就落下了一个毛病，一见月饼身子就抖，更害怕人们说月饼，你说，月饼！我堂哥就立马条件反射地身子一抖，尿湿了裤子。30 年了，我堂哥还是这个熊样，只要听见人说一声月饼就尿裤子，省城大医院都治不好。我堂哥对他的儿子们说，别再花冤枉钱了，我这病只有死了才能好，活着，是李双双死男人没希望了！

冬 日

那年的冬日，日头灰灰的老也升不高。一小队日本兵窜入涅阳西南乡时庄村来扫荡。时庄村九位给翠儿赶嫁妆的姑娘，连同翠儿一起躲进了邻居五姑堆柴禾的破草房。

日本兵嚎叫着到处搜“花姑娘”。几个日本兵窜进小院来。姑娘们吓得缩成了团儿。日本兵杂沓的皮鞋声直奔上房。“咣当”一声，日本兵破门而入。柴屋里姑娘们十几颗悬着的心也“咣”的一声提到了嗓孔眼。

五姑额头上爬满了密匝匝的汗，瞅着面如土色嗦嗦发抖的十姐妹，彼此听得见“怦怦”的心儿跳。上房里不断传来什物噼里啪啦的破碎声。五姑牙一咬心一横，压低了声音说，姐妹们，别动别吭声，我出去把畜生们引开！五姑迅速抱起几捆干麦秸，将姐妹们盖严实，扭身就朝院外跑，并故意弄出一串很响很大的脚步声。

哈，花姑娘的有！正拥出上房向柴屋扑来的日本兵贼眼睁亮，嗷嗷怪叫着，一窝蜂追出了小院门。五姑左躲右闪眼看就出了村。日本兵急红了眼，“叭勾儿、叭勾儿”开了枪，子弹“嗖嗖”贴着五姑耳根子飞。突然，斜刺里冷不丁窜出个日本兵，将五姑拦腰一抱摔倒了……

日本兵欢叫着架起五姑，把五姑拖进了村边的祠堂里。五姑被扔进屋，发现二娃哥也被抓了来。日本兵急不可耐野蛮地扯去了五姑和二娃身上的衣服，浑身不留一根线儿。日本兵将五姑捺在了二娃后背上……

二娃一不情愿。八格牙鲁！一个日本兵晃动着刺刀，皮鞋重重地踢在二娃脑袋上。二娃满脸开花血水糊住了双眼。二娃几次想翻身拼命，都被五姑发抖的双手死死抓住不能动。

五姑明白与日本兵拼命能保住自己的女儿身，却保不住村里藏着的众姐妹。野兽们恼羞成怒，整个村子顷刻之间便会夷为平地血流成河……

日本兵又啃又咬发泄完兽欲便走了。半死不活的五姑滚落在脏兮兮的地面上，奶头血淋淋，满身的紫黑掐痕和牙痕惨不忍睹。

几棵树光秃着枝丫站在村边的祠堂外，无言地指向通往五姑家的那条道，任寒风蛇行样嗍嗍在上面走。

躺在床上的五姑昏睡三天三夜水米不进。十姐妹守着五姑直哭三天三夜不吃也不喝。二娃跪在五姑床边上，噼里啪啦猛掴自己嘴巴子，痛骂自己混蛋窝囊王八蛋枉披一张男人皮。二娃说五姑要是看得起他，他就要娶五姑做老婆，让五姑过一辈子好日月。

五姑无声地望着啜泣不已眼泡子红肿的十姐妹，望着满屋满院子长跪不起的众乡亲，突然一声长嚎，一头扑进二娃怀里大放悲声……

星移斗转，一阵嘹亮婴儿啼哭声响彻在来年金秋五姑家小院的上空。五姑和二娃给儿子起了个名字叫仇儿。日本兵投降那年，仇儿满五岁。这一天，仇儿和邻居的娃儿打了架。邻居女人护犊子，跳着脚骂仇儿是日本杂种娃，骂五姑五年前根本不是救村民，而是为了一个人开洋荤……

刚跑出屋的五姑闻听此言，犹如迎头挨了一闷棍，半句话没说便面条样顺着门框软在了地面上……翠儿爹怒发冲冠一耳光将那女人抽了个仰八叉，胡子眉毛"嘣嚓嚓"直抽羊角风。二娃一拳砸碎了门前的鸡食盆，两口子搂着仇儿哭哭劝劝一夜没合眼。

邻居女人挨了打，手里攥着一疙瘩砒霜说不活了。翠儿爹见事情闹得一塌糊涂语无伦次，五姑不干净，但终究救过全村人的命，打你是堵外人的嘴……也是该着要出事，这话竟被半夜起来蹲茅厕的五姑听了个真切。五姑昏死在茅坑边……

这以后，五姑和二娃拉着仇儿去赶集，总感觉时时处处旮旮旯旯好些认识不认识的人，皆朝着他们脊背指指戳戳挤眉弄眼……

这以后，院子里便经常有陌生的男人和女人来借火抽烟讨水喝，眼珠子却总是不停地在仇儿和五姑身上骨碌来骨碌去，没话找话令人肉麻地夸五姑好仇儿聪明……

这以后，邻居女人便经常隔着院墙指鸡骂狗拉拉呱呱……这以后……这以后……

五姑受不了，后来竟疯了，脱得一丝儿不挂，大冷天直往门外跑，边跑边手舞足蹈地喊，我是贱女人呀我脱给你们瞅！

几棵树光秃着枝丫站在五姑家院门外，无言地指向通往村边祠堂的那条道，任寒风蛇行样唰唰在上面走。

五姑疯了的第三天，漆黑漆黑的天说亮就亮了。天空中飘起了大片大片默默坠落的雪。村子里无声也无息，遍地只是一个刺眼的白。早饭时，村人发现五姑家的门竟没有开。午饭时，那两扇门依然紧闭着，里面出奇地静。众人终于沉不住气，一起用力去推门。门上上着栓，喊破了嗓门也没人应。众人发一声吼，一齐用肩膀去撞门。本不结实的门“轰然”而倒。人们一下子惊呆了——

一架烟熏火燎不算粗也不算细的过梁上，骇然垂下直崩崩三根草绳。

草绳上并排吊着三个人……

天爷！翠儿爹惊呼一声，一头栽在雪地上人事不省……

“呜——！呜——！”院门外突然响起一阵悲凉压抑凄楚的哀嚎声。众人茫然地一齐扭脸朝门外瞅。铺天的大雪不知何时已停了，留一个满世界惨惨的白。日头痴痴的如一块没有啃净的烂杏核儿，懒懒地吊在半空中，一丝暖意也没有，透着无奈。院门外，通往祠堂的那条道上，呆站着一只黑色的夹尾弓腰的饿狗，正赤裸着白森森寒牙朝苍灰灰天空愤怒地吼……

这年的冬日，日头灰灰的老也升不高。

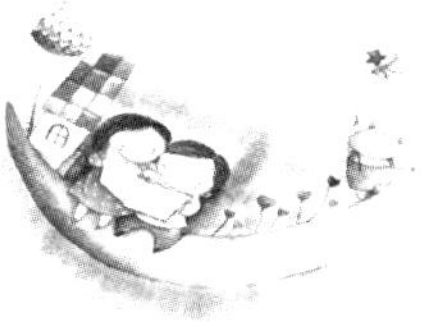

磨　盘

石磨，是用人力或畜力把粮食去皮或研磨成粉末的石制工具。通常由两块尺寸相同的圆形石块构成。两个圆石通称磨盘，是平面的两层，两扇磨的接触面上都錾有排列整齐的磨齿，粮食从上方的孔进入两层中间，沿着纹理向外运移，在滚动过两层面时被磨碎，形成粉末。

——题记

彭庄的彭老二在外面转悠了一圈回来的时候，天已经晌午了。彭老二远远看到一个人在他们家的土坯院墙下撅着屁股捣鼓什么，等走近了，才看清是邻居杨栓柱在搬动那扇石磨盘。

这磨盘是包产到户时，生产队分给他们家的。那时候已经有机器磨面了。用石磨要人推牲口拽，费工费时，一袋麦子磨下来，推磨的人和筛面的人，头发上、眉毛上、胡子上都落了一层白乎乎的面粉，弄得跟白毛女似的。人们都嫌弃石磨，吃起了机器磨出的面。可生产队散了，东西不能不分。彭老二家紧靠磨坊，石磨的上扇就分给了他们家。彭老二他爹把那扇磨盘推回来，临进院门时，想想没有什么用，就随手把它放在了院墙外的墙根下，任其日晒风吹自生自灭，三十多年来连个窝儿都没动过，土坯墙一层层剥落，细细的黄土沫子把磨盘三分之一都埋在地下了。

杨栓柱一心在捣鼓那层埋着磨盘的黄土沫子，他没有看见走近了的彭老二。彭老二已站在了杨栓柱的身后，他都没有察觉到。彭老二只好说话了。彭老二说："栓柱，吃饭没？"栓柱一脸汗水地抬起头，他看到了彭老二，他说："还没呢。"一边说一边又用力摇动磨盘。彭老二看了看奇怪的杨栓柱，推开了自家的院门。

彭老二的老婆听到门响，从厨房里探出了乱糟糟的一头黑发，亲昵地对男人说："回来了，叶子茶在堂屋桌子上给你凉着呢，饭一会儿就好。"彭老二说："啥饭？"老婆说："晌午还能是啥饭，面条么。"彭老二说："啊哦。"便径直进了堂屋，端起茶缸里的叶子茶，饮牛样咕嘟咕嘟就下去了半缸子。彭老二心满意足地踅进厨房。老婆正在往铁锅里下面条。灶口的麦秸柴快烧完了，有几缕儿眼看着就要掉下来。老婆腾出右手，抓了一把麦秸塞进去。一股白烟蹿出来，将熄了的火苗，"轰"的一声升起老高，烧红了整个灶膛。老婆用筷子搅动着锅里的面条说，我刚才出去揽柴，看见栓柱在看院墙根儿的那扇磨盘，我跟他说话他好像没听见，没有理我。彭老二弯腰在灶口点着了一根烟，抽了一口说，啊哦，我也看见了，他在摇那个磨盘，还是我先给他打的招呼。彭老二说着话，脑子里忽然"咣"的一声响，自言自语道，咦，怪了，那磨盘不是咱家的么，他弄磨盘干啥吗？弄咱的磨盘也不打声招呼，好像磨盘没有主儿了啊？他这不是眼里没人么！

彭老二这么一想，就转身出了院门。这时候，栓柱已把磨盘弄出了地面，正在往他们家的方向滚动着。彭老二说，栓柱，你滚磨盘干啥？栓柱说，我刚买了一个猪娃，我想用这个堵猪圈门。彭老二说，啊哦，你忘了，你肯定忘了。栓柱扶着磨盘直起了腰，啥？你说啥？彭老二说，我说你忘了，你肯定忘了。栓柱笑了，老二，你真会开玩笑，我忘了啥么？彭老二笑眯眯盯着磨盘说，这磨盘是我的，我也正想买个猪娃堵圈门哩。

栓柱愣住了。栓柱说，不对吧？我记得这磨盘是生产队磨坊的，磨坊塌了就没人要了。

彭老二说，是生产队的不假，可生产队散伙时分给了我家。杨栓柱说，咦？彭老二继续说，我记得是我爹把它放在那儿的。杨栓柱说，咦咦？

磨盘又灰头土脸地蹲回了老地方。

彭老二后来真的买了猪娃，但堵圈门的却是一扇烂木窗。石磨盘死沉死沉的，开圈门太费力气了。

一场秋雨浇透了村庄，彭老二家院子里积满了水。彭老二发现水道在经过杨栓柱家门前时，被人堵了起来，便拎了铁锹去改水。杨栓柱不知从哪儿闪了出来。他说，你不能挖？这地是国家分给我家的。彭老二说，咦？这水道人老几辈都这样流！杨栓柱说，可现在我不想让它流了。彭老二说，咦咦？两人吵着吵着就动了手，厮打着一起滚进了泥水里……

彭老二怨起了那扇磨盘，就把磨盘滚进了门前的臭水坑。磨盘砸进了水坑里，溅起老高的污水，弄了他一身一脸。几天过去了，彭老二身上还飘荡着一股子酸臭味儿，熏得人脑仁子疼。

叫一声哥哥你带我走

亲亲的刘根哥哟，十八年了，每当这一天到来的时候，心如刀绞的妹都要铺开稿纸，用饱蘸思念泪水的手中笔给你写信，常未从下笔便泣不成声难以成行。刘根哥，妹不知道多年来妹给你写的这些信，你能否收到，如若苍天有情，你能够收到的话，请你一定要给妹妹写上只言片语，再别让痴心的妹妹等得心疼……

亲亲的哥哥哟，你可知道，十多年来，不管是在咱的家乡，还是打工异乡，妹一直珍藏着你当兵走的那天我们在一起的合影照！妹的亲哥哥啊，在这个世界上，只有哥是妹妹的心肝！妹妹的宝贝！虽然妹今年已三十有八，眼角早已爬满了鱼尾纹，从一个甜美清纯的少女，变成了一个多愁善感脾气古怪一肚子心事的老处女，妹这一辈子已注定无法成为别人的婆姨，抱着孩娃在傍晚柔和的灯光下等着男人回家吃饭，因为哥已成为妹的惟一妹心中永远的疼。

妹永远忘不了那个噩梦一般可恶的八月十三日，十八年前的这一天，就是它夺走了哥的生命，夺走了妹的幸福。

那一天，天高且蓝，你和你的两名战友趁一年里仅有的两个月开山机会，身背邮包，赶着牦牛，往一座“生命禁区”里的冰山哨卡上运送一年的给养，以及积压了快一年的报刊信件。哪料到，在通过一道叫做“鬼门关”的山口时，突然遭遇了一场特大的雪崩，遮天蔽日的雪崩震耳欲聋地从百米高的山巅之上直扑下来，来不及躲闪的你们眨眼之间便被推入了万丈冰谷……

妹亲亲的人儿呀，你为什么如此绝情？怎忍心撇下你可怜的妹妹不管不顾独自一个人走了呢？难道你已忘掉了你对妹妹的承诺？你答应年底一定回乡与妹妹举行婚礼的呀！手扳着手指头朝思夜盼，盼来的竟然是阴阳两隔。老天呀，你可真是瞎了眼啊！妹孤零零一个人面朝西南，瘫跪在村口的黄土塬顶上欲哭无泪，拼命睁大红肿如桃的双眼望断天涯，企图能够一睹遥远的喀喇昆仑山冰山之巅上你身着戎装的英姿，可妹直望得眼睛流血，却怎么也望不穿眼前那一座连着一座浑圆赤裸荒凉的黄土包！妹的亲亲的哥哥哟，在那幽深冰冷的冰谷里哥一定冷得难受。妹的双耳已听到了哥牙齿不停碰撞的声音。啊，妹的亲哥哥哟，妹只有嘶哑着嗓音发疯般不停地拼命唱：

好苦好苦的黄土啊一眼望不到边
妹的那个当兵的哥哥哟当兵去了边关
千万里山水千万里的天
想哥哥容易见哥哥难
唉哟，妹的泪已干

好冷好冷的冰雪啊好高好高的山
妹的那个当兵的哥哥哟你走呀走得个难
妹送你一捆捆的衣衫挡风寒
妹烧上三道麻纸给你做上路的钱
唉哟，妹的泪已干……

岁月无情，多少年过去了，妹脆弱的心身已不堪重负。瞭一眼西南方魂魄散，唤一声亲哥哥肝肠断……椎心泣血的思念中，子夜的钟声已悄然敲响，可眼角的泪水仍越抹越多，亲亲的哥哥哟，一会儿，妹就要擦燃火柴把这封信烧给哥哥了。妹会唱着信天游一千遍一万遍地祈祷，亲哥哥哟，快快进入妹的梦中吧，今夜，妹依然是你美丽的新娘！

亲亲的哥哥哟——
我为你备好钱粮和搭兜，
我为你牵来临行的牲口。
我为你打开吱呀的后门，
我为你点亮满天的星斗满天的星斗。

你带我躲过村口那黄狗，
你带我走过十八年忧愁。
你带我去赶长长的夜路，
你带我驱开冬眠的日头冬眠的日头。

你和我今年咱们俩是兄妹，
我和你明年睡一个炕头！
不管丢人不怕羞，
叫一声哥哥你带我走！

尴尬情感

牛大奎早就有一种预感要出事，但不明白是什么事，可牛大奎坚信这件事必定与一个女人有关。这预感折磨得牛大奎神情恍惚坐卧不安，连续几天窝在家里懒得去上班，虽然上班有些许的紧张，但却能挣来大钱。

二十八年来，牛大奎接触过的女人不计其数。牛大奎抓耳挠腮把所有接触过的女人仔仔细细过滤了一遍。

会不会是包工头陈胖子的女人，那个他十三岁那年就被她诱骗失身的性启蒙女人？操，她不是早就被陈胖子捉奸在床，离婚后流窜广州音信皆无了么？

唉，会不会是与他同居了三年的前女友？真他妈痴心妄想！牛大奎狠狠掴了自己一嘴巴，一点记性也不长，人家不是早就搬进彩虹花园，成了公司老板的金丝雀了么？那么究竟会是谁呢？

会不会是醉一春大厅里的小翠？艳红？秋棠？妈的，每一次进入醉一春，这里那里都白光乍现直晃人眼，那可都是小姐们故意裸露的酥胸或半块奶子啊。兜里没了钱，这群婊子哪一个能正眼瞧你？

牛大奎的头大了，他不敢再想了。老趴在屋子里都捂得发霉了，再不出去透透气的话，牛大奎担心自己就要被憋死了。

外面真好。天，还是晴朗的天，城，还是热闹的城。清新的空气使牛大奎感觉轻松了许多，何必与自己过不去呢，该怎么潇洒就怎么潇洒吧，是福不是祸，是祸躲不过，说不定还是场艳遇呢！

牛大奎想开了。想开了的牛大奎一个人信马由缰地在公园里走。

牛大奎人高马大，极帅，极俊，极潇洒。

牛大奎一个人在公园里走的时候，撩拨得众多异性的眼神如醉如痴。这时候的牛大奎禁不住心里一阵激动，十分自信地预感到成功在望了。

正是仲秋，天高，且蓝，空气鲜得人心儿醉。牛大奎突然发现公园一角的一张长椅上，懒懒地斜倚着一位身材窈窕的红衣女子。红衣女子明眸皓齿，正将一个鼓囊囊的什物朝坤包里塞，倦怠的姿态充满诱惑。

牛大奎信步走过去，请问靓妹，这儿有人么吗？红衣女子飞了一个媚眼，扑哧一笑，露出两排细若白瓷的小米牙，帅哥可真逗，难道我不是吗？

牛大奎窃喜，随之很气派地落座，顺手燃起一根“大中华”，极娴熟地吐出一串儿重重叠叠优美的烟圈儿，缠绵于二人之间。

牛大奎眯眼细瞅红衣女子。

红衣女子辣辣地飞了牛大奎一眼说，今天天气真好！

牛大奎说，是不赖，秋高气爽哩。

红衣女子说，看帅哥还没结婚吧。

牛大奎笑了，靓妹好眼力！你呢？

红衣女子叹口气，眼圈兀自红了。

牛大奎飞快吐掉半截烟头抱歉道，唉，冒昧了，真是对不起！……嗨，要不，我给你说个笑话吧！

牛大奎很自然地往长椅中间挪了挪。

牛大奎说，有一领导平时满嘴脏话土话，还总是光顾夜总会。一次下乡途中，忽然尿急。领导心里说，都说我没文化，咱也整句文雅的。于是，就对司机说，停车，我要“小解”。司机一下子犯难了，这荒郊野外的，上哪儿找小姐啊？司机说，等等吧。又走了一会儿，领导实在忍不住了，对司机发火道，你到底停不停？我可是等不及了！司机一听也火了，当领导有什么了不起，等不及也得等！

唉哟唉哟！红衣女子笑岔了气直揉肚子。半晌，红衣女子才直起腰，小手帕揩着眼角的泪花花，唉哟，我的妈啊，笑死了。

红衣女子也很自然地往长椅中间挪了挪。帅哥，我也说个一个笑话吧，某老师是教青春期性教育课的，但他不好意思跟未婚妻说，骗她说是教“划船课”的。一次，老师的未婚妻碰到了他的学生，两人聊着聊着就聊到了她准老公上课的情形。学生说，老师的课实在太好了，让我们学到了不少正确的知识！未婚妻惊讶地说，怎么可能？他对这事一点经验都没有啊！我记得我们第一次的时候，他吐得一塌糊涂；第二次他还把帽子给弄掉了！

哈哈哈，牛大奎和红衣女子笑得滚在了一起……

这时候，一位警察走过来，很礼貌地拍拍两个紧依的肩膀说，喂喂，两位醒醒神，跟我走一趟吧！

笑声戛然而止，仰起的两张面孔哗然色变，接着异口同声道，凭啥抓人？我们犯，犯啥法了？

警察脸一沉，叫唤啥？老实跟我走！

牛大奎和红衣女子极委屈地对视一眼，乖乖地让警察押进了公园治安室。

警察铁青着脸，嘀，胆量不小。小姐，快掏出来吧！

牛大奎身子一个哆嗦。

红衣女子粉脸含羞嗲声嗲气道，我说警察同志，你抓错人了，谈恋爱犯法么？

警察一晃电警棒，别在演戏了，早就盯上你了，掏不掏？

红衣女子立时粉脸煞白，只好抖抖索索从贴胸的奶罩里摸出一个鼓囊囊的黑皮钱夹来。

牛大奎惊诧地瞪圆了眼珠子，警察，这是我的！

警察递过钱夹，小伙子，你可太大意了。

牛大奎点头如鸡啄米，是是是，谢谢！谢谢！

牛大奎点头哈腰之际扭脸对红衣女子咬牙切齿道，这女人，真想不到……咳，这女人……

警察拍着牛大奎的肩膀，好了，在这里签个字，你可以走了。

谢谢！谢谢！牛大奎这样说着，不住地擦着脑门上的冷汗珠子，疾步出了治安室。

与此同时，治安室里突然响起了红衣女子的惊叫声……

牛大奎一个愣怔，立马甩脚如飞。等警察跑出治安室，牛大奎早已踪影皆无了。

牛大奎怀揣着从红衣女子身上窃得的钱包，急急窜进了家门，一把扯开，立时便傻眼了。钱包里仅塞着几张小额钞票和两封信件。惊魂未定的牛大奎懊丧之余，打开了这张已封的信：

可怜的父母大人：

恕女儿不孝，不能侍奉二老。来信已收到，惊悉母病，女儿心如刀绞痛不欲生。爸在信中说，母突染急病，正在医院抢救，手术费急需万元，虽多方筹借，仍欠资五千，打我电话却是空号，希望我接信后速寄钱回去。爸，实话告诉你吧，女儿早已不在厂里打工了，那个人曾答应过我的，可现在他又另觅新欢，抛我而去，女儿如今身无分文，举目无亲，无脸回厂再见那群要好的姐妹了。隔千山万水，有家难归。男人都是戴着帅哥面具的骗子，女儿恨透了他们……爸爸的来信，是我离开那个“家”时，厂里的一个姐妹送来的。它坚定了女儿报仇雪耻的决心。请爸爸放心，女儿从小洁身自爱，决不做辱祖之事。一旦钱数凑齐，便会尽快寄回，以挽救妈妈的生命……

致

礼！

不孝女儿：洁跪呈

×年×月×日

倏然间，牛大奎脸上发烧，无地自容。泪眼模糊的牛大奎突然翻箱倒柜起来，将近来所有的不义之财一卷，从容地直奔邮局大楼。

牛大奎在汇款单附言栏中写道：

尊敬的洁女士：

千万别与我同流合污，我母就是被我活活气死的。切记：聪明女孩是从男人身上拿经验的！寄你5200元，快回家救你母亲吧！

一个在公园里与你逢场作戏的人

碰壁邕城

1999年的时候，手机还没有现在这么普及，我从北方出差路过邕城，突然心血来潮，极想与在某局当了局长的朋友叙叙旧，于是便在一电话亭里拨通了他办公室里的座机。朋友很兴奋，欲派车来接，被我婉言谢绝了。

朋友的单位远离闹市，等我坐着“摩的”在老是塞车的马路上左冲右突行色匆匆赶到时，闹约定时间还差二十分钟。

这里环境幽静，乳白色的办公大楼坐落在花木扶疏的大院里。大门边的门卫室里，一个看门老汉正在有一下没一下地翻看着一张报纸。那时候南方一般的大小单位都还没有出入登记的习惯，也没有像现在这样看门用的都是仿警察的保安，来客只需长驱直入。而在北方，一般都要做来客登记的。

我出于习惯，走向门卫室说明了要上楼的理由。看门老汉的眼光从戴着的一副老花眼镜的上方逼射而出，满脸疑惑地上下打量了我一番，又顺下了眼皮，继续看着那张报纸，始终没说一句话。我自觉没趣，转身欲向大院深处的办公大楼走去。

这时，看门老汉却发话了。他说，你什么人？干什么的？

我把刚才在门卫室窗口边给他说过的话，又重复了一遍。

他眨了眨眼睛，说，你不能进，人人都像你这么说过，我谁也不相信。

我拿出了我的身份证和工作证。他说我不看，这东西现在假的多了去了，谁知道是真是假？他说他不能让一个身份不明的人随便接近他们的局长，他得为他们局长的安全负责，作为退休返聘人员，他得对得起他们局长对他的信任。

看门老汉还仍在喋喋不休地说个不停，我只好恳求用一下门卫室里的电话。看门老汉断然拒绝，这不行，电话是单位的，恕不外借。我说，我不白用，我可以掏电话费。看门老汉一下子火了，你这人，看你这人，这又不是公用电话！

话已说到这份上，我只好颓丧地出了大门。

因是郊区，偏僻的街道上竟找不到一家电话亭。眼瞅着约定时间所剩无几，情急之中，我忽然灵机一动，脱去外套，戴了墨镜，腋夹公文包，重新折了回来，气宇轩昂地进了大门。

那看门老汉只从报纸一角偷窥了我一眼，竟没有出面阻拦，视而不见地让我顺利地进入了大楼……

塞翁失马焉知非福。这次邕城碰壁，使我心有所得：面对貌似不可逾越的障碍，千万不能后退妥协，重整旗鼓，独辟蹊径，往往也可柳暗花明心想事成。

永远的谜

秀是村里很善良很贤惠很漂亮的小媳妇，可结婚已三年了肚子硬不给她争气，依然扁平如初，惹得一村人指指戳戳叽叽咕咕。秀男人一气之下南下打工去了。守着名存实亡的家，秀的心在流血，常一个人痴痴地盯着空空的肚子淌无声的泪。

剑是村里的首富，是很英武很能干很标致的男子汉。剑和秀是近邻。剑的那对带茶壶嘴的双胞胎诱得秀眼红得要命。秀闲下无事，总要到剑的院子里去逗那两个小家伙玩。秀遇到剑时，不知为啥，脸总要红一红，抿嘴笑一笑，但又显得从容随和，偶尔开几句玩笑，也很有分寸，从来不出格，不卖弄风骚。

白驹过隙，随着若即若离的频繁接触，秀那又黑又亮的眼睛，锦缎般柔滑飘逸，散发着缕缕木樨香的黑发，特别是那扑朔迷离荡魄销魂的回眸一笑，诱得剑竟对秀产生了非分之想。

那晚喝罢汤，秀在门口碰上了剑，很客气很分寸地邀剑进屋坐。剑知道秀男人没在家，竟中魔般地随秀往院子里走。秀在前，剑在后。进了屋，秀给剑搬座时一只脚竟被长得拖到地面上的灯闸绳绊了一下。“叭”，电灯灭了。就在那一瞬，剑似乎又看到了秀那扑朔迷离荡魄销魂的回眸一笑。剑突然浑身一阵燥热，竟伸出有力的双臂拦腰抱住了秀。秀惊恐地身子挣了挣。别，别。声音极小且颤抖。

剑的胆子也就愈发地大，迫不及待地把秀往就近的床上拖，你不会生娃，我帮你。

秀挣扎着，一只手竟“叭哒”一声捺住了床头柜上的一件啥东西。秀接着便开始用力地挣，并一连声地嚷着放开她。剑早已走火入了魔，一边扯秀的衣裤，一边急急地威胁秀。不，不答应我他妈掐死你。一句话就这么刚出口，秀就被吓得惨叫一声昏过去，柔柔的身子竟软成了一摊泥。

剑很轻易很顺利地就得了手。

剑走后，秀醒了过来，睁着失神的大眼睛直挺挺躺着一动也不动。

好难熬的一夜终于过去，秀竟对那事没张扬，只是处处躲着剑。剑松了一口气，心里竟忽然有些得意。剑连着几个晚上去缠磨秀。秀无可奈何浑身抖成一团哀哀地求，不敢，不敢。秀愈哀求。剑愈觉得秀可爱，愈发觉得离不开秀。

如此月余，秀实在不堪污辱，竟趁着夜黑人静之时，逃出魔掌离开了家。住在很远的一个早断了来往的老亲戚家。

打工回来的秀男人倔倔地去叫秀。秀只是嘤嘤地哭，却死活不肯跟他回家。

秀男人终于明白了，明白秀的肚子里有了货。

秀男人很恼怒，但却不敢问是谁下的种。不管是谁的，生下来不就是咱自己的。秀男人最终还是咽下了这口气儿。

日子就这么平平淡淡没滋没味地过去了一年，秀竟和男人抱着一个粉嘟嘟的胖小子，满脸喜气回了村……

剑想找秀重温旧梦，总是找不到下手机会。这天，剑瞅着秀男人下地锄草去了，便偷偷摸摸溜进了秀的家，围着正在给孩子喂奶的秀拉拉扯扯。

秀撵剑滚。剑盯着秀怀中的孩子突然一拍脑瓜。吓，撵我滚，瞅，你这娃鼻子眼睛多像我。嗨哟，敢情就是我的娃！

秀浑身一震，两眼一黑，险些要晕倒。滚，你，你再乱嚼舌头糟蹋人，我喊人啦！剑不解地望着秀喷火的眼，悻悻地向门外退，好，好，贱婆娘，老子有法子整治你，哼。

秀一听立刻低了头，别，别，你老婆不是回了娘家嘛，只要你别，别乱说，我今黑儿，去你屋。

剑愣住了，立时又眉开眼笑。

晚上，秀果然来了。秀懒懒地倚着门框不进屋。

剑色迷迷急不可耐地扑上来，手在秀脸蛋上急急地捏，嘿，嘿嘿，想死我了，快来呀，怕啥羞？咱们这又不是头一回。

秀懒懒地打开剑的手，我劝你还是趁早死了这份心，要不，我明天就上乡里告你强奸我。剑不以为然。吓，吓唬谁？别他妈你屙屎不擦屁股糊眼子，要告你告去，没证没据我怕个球！剑开始动手动脚，嘴里还不停地说，干一次，我他妈给你一张老头票。秀躲避着，眼里涌满了泪，你少耍无赖，别以为老娘好欺负就得寸进尺。秀从兜中掏出一盘录音带，卡放进剑的录音机里去，手指肚轻轻按了下。剑立刻便听到几种纷杂的声音在里面撞，脸上就“唰”地写满了煞煞的白。

秀望望桌上的录音机，又那么来了个扑朔迷离荡魄销魂的回眸一笑。秀说，我早就防着你这一天，你干的那个我都录了音。

剑恨得牙齿咬得咯吱吱响，忽然间猛地扑过去，抢过那盘录音带。

秀站着一动也不动，挂一脸木然冷漠的笑，拿去吧，这是一盘复制带。

剑惊得冷汗顺着脊背流。

秀依然懒懒地站着望着剑，你有钱这些我知道，吓，我想，要私了，你就给我五千块，若公了，咱明天就在公安局见。剑玩了一辈子的鹰，临了竟被鹰抓瞎了眼。剑懊丧地望着冷冷的秀，好像第一次才认识秀。

剑自认倒霉哆哆嗦嗦拿出了五千块，咱，咱一手交钱，一手交货，那原版的录音带你可得给我。

秀斜眼瞥了瞥狼狈的剑，轻轻从胸中吐出了一口气。随即从兜中又掏出一盘录音带，秀说，这一下咱们可算两清了，从今往后，你走你的阳关道，我走我的独木桥！谁也不欠谁的啥，谁也不准说谁啥。

秀说完一把抓过那沓钱，甩过原版录音带，脚步踉跄一脸泪水地奔出了门。

剑呆呆地望着那两盘录音带，心如刀绞后悔莫及。明天老婆回来发现这么多的钱不翼而飞可咋交代呀？这说又说不清道又道不明的污浊事。唉，实在料不到这女人竟留了这一手？天爷，谁知这骚货手里到底还有多少盘复制带？万一……私了吧，啥时是个头？公了吧，还能有咱的好果子吃？剑思前想后没了主意，连连为自己的一时贪图才铸下今天的大错而后怕。剑恨恨地抓起那两盘要命的录音带，绝望地咒骂着，我操你祖宗，“叭”的一声投进了火炉。炉火幸灾乐祸猛一下蹿起老高，手舞足蹈跳起了霹雳舞，紧接着随着一团升腾的歪扭了身形的蓝烟升空，剑的身体也软软地瘫卧在了屋当央……

第二天，从娘家回来的剑老婆刚一进屋，便杀猪般地惨叫一声，昏倒在地——剑老婆发现自己的男人，竟莫明其妙地在屋里上了吊。

剑的院子里，鞭炮劈叭，哭声凄切，愁哀遍地，喇叭声咽。

秀躲在自己家的屋子里，脸色苍白，魂不守舍。

要出殡了。

剑院里传来盖棺封顶时压抑的锤击声，嘭，嘭，嘭……其间还有剑老婆悲痛欲绝的关照声：孩他爹，躲钉啊，你往东躲！孩他爹，躲钉啊，你往西躲！锤击声关照声渐渐遥远，梦境般退缩成凄惨的背景。

突然间，一声雄浑的吆喝声，出棺喽——！震得背景颤抖人心酸楚，满屋满院子撕肝裂胆的哀嚎声便轰然而起。一时间，悲乐大恸，丧炮泣鸣，纸钱飞舞，白幡萧萧。

就在剑的棺木被缓缓抬上村道的当儿，一个更加惊人的事件又震傻了全村人——善良贤惠漂亮的秀，不知咋的用男人刮胡子的刀片，切开了自己手腕的动脉血管，刀口翻卷如小娃子嘴，红惨惨炫人眼目的血浆流了一地……

一声叹息

那地方很美。

孩提时候我就经常听爷爷奶奶父亲母亲微闭二目极迷醉地说起过，那地方很美。我那时就一直在心里想：若有朝一日能到那地方美美地看上一眼，那准比过年还得劲！

少年时代我依旧常常听到周围的人们微闭二目极迷醉地说起过，那地方很美。每一个说起那地方的人，无不留露出一脸极迷恋极虔诚的模样。可那地方终究太遥远了，害得人朝思暮想望眼欲穿，恨不得能施展魔法插上翅膀将幻想立马变成现实。每时每刻我都一直在心里想象着向望着那美丽的处所，每每夜深人静之时，便独自极惬意地在那地方神游，流连忘返……以至总让用来上早学的闹钟钻了空子，幸灾乐祸般“丁零零”一通猛响，将整个着意编织的五彩梦敲击得支离破碎逃之夭夭，使我极难享受那如嚼橄榄般的无尽回味。

后来，在我事业略有小成的某一天，终于赢得了一次去那地方出差的机会。想到多少年来虚幻的梦想就要成为真切的现实，我将幸福地代表我家几代人梦寐以求的愿望去那地方一睹风采时，浑身战栗热泪盈眶喜不自禁兴高采烈简直有点忘乎所以。与此同时我暗下誓言，要把那地方一草一目旮旮旯旯皆牢牢地一点不留地摄进心灵之窗里，深深地久久地埋藏进永恒记忆里，以备在以后漫长的岁月里多一点细细咀嚼慢慢回味的资本。

抑制着莫大的兴奋，我终于如愿以偿。该去的地方都去了，该看的地方都看了，然而，我却始终激动不起来，相反，竟无可名状地产生出了一种懊丧的失落感。

我惊异地发现这地方竟是如此的稀松平常，与梦境中的那地方相比，简直是对神圣的一种亵渎。

在此逗留的日子里，我便整日被思乡的愁绪纠缠啃噬得形容枯槁日渐憔悴。好不容易踏上了家乡坚实的土地，人们纷纷羡慕地围拢来向我打探那地方究竟美得是个什么模样。我面部呆滞地耸耸肩两手一摊，唉，太没意思了，还不如咱这地方好哩！

人们诧异地瞪大了眼睛，良久，方醒悟了似地一耸鼻子，哼，有什么了不起，不就是去了一趟那地方么？有朝一日……

我无言以对，只好依旧耸耸肩两手一摊，发一声莫名的叹息。

叫你不放

刚刚开业的涅阳城乡村国民银行，为吸引人气，举行了“有奖储蓄一摸”活动，拾元人民币摸回的一张储蓄奖券，预示着不是彩电一台，便是肥皂一块，三年后还可凭奖券领取本金。一时间，门庭若市，人头攒动，热闹非凡。

摸奖的人们挤成了疙瘩，个个怀侥幸心理，激动得脸潮红，眼珠子放电，梦想着发上一笔横财。吴智和吴勇乃一奶吊大的弟兄俩，吴智为兄，吴勇为弟，皆已成家立业，分开另住。吴勇摸了十几次，摸回十几块肥皂，心中好恼，忽然发现了正在人群中看热闹的吴智。吴勇心里说，要是我哥也摸十几次摸回十几块肥皂那才解气。于是，便趋前劝摸。

吴智看了弟弟一眼，脸一红说，我口袋里没装一分钱。吴勇说，给，我借给你拾块钱。吴智想，也好！咱就摸一下，碰碰运气，说不定真能摸个大彩电。

吴智从吴勇手里接过钱，惴惴不安地挤近奖券箱。交过钱，伸手摸出一张奖券。吴智用手按着嘣嘣乱跳的心，定了定神，在公布的中奖号码海报前看了又看，这才颤抖着双手展开奖券，与一溜中奖号码一一核对。忽然，吴智脑袋嗡的一声胀得老大，眼前一黑，身子晃两晃，险些晕倒。

一旁的吴勇看得真切，赶忙伸手扶住吴智，急急地问：“哥，中了个啥?”

吴智激动得声音都走了调：“551386851736，我我我，中了个电磁炉!”

吴勇一把抢过奖券，与中了电磁炉的号码仔细一核对，眼泪都笑出来了，“好我的哥呀，你真是想发财想疯了，给，你重新看看这号码，人家最后四位数是7186，不是1736。”

吴智认真一看，长出了一口气，笑着说：“哈，真是的，眼看花了。日他妈，猫咬尿脬空欢喜一场。”一边说，一边拿着奖券继续往海报上一行一行往下看。

吴勇看了看呆头呆脑的吴智，快意地皮笑肉不笑地说：“哥，别看了，有啥大不了了的，不中再摸！”

吴智一边核对，一边说：“不摸了，不摸了。”突然，吴智的嘴巴张圆了，双眼直直地盯在海报上一动不动了。足足过去了两分钟，吴智这才缓缓腾出一只手，捺在了太阳穴上，嘴里喃喃着，“我的亲娘老子哟，5513、8685、7186，中了，中了，我摸了个大彩电！”

正在一边幸灾乐祸的吴勇闻听此言，急急朝中大奖的号码上一望，立时呆若木鸡。

吴勇赤红了脸，亲热地拉住吴智的胳膊说：“哥，钱是我借给你的，是吧？我若不借给你，你能摸个这？哥，这纯平大彩电，你可不能自个儿独吞了！”

吴智高兴地不住点头：“那是！那是！”

工作人员在认真核对过吴智的中奖奖券后，拿过一挂鞭炮点燃了。在噼里啪啦的鞭炮炸响声中，吴智笑哈哈地捧过了大彩电。吴勇要抱，吴智不让。吴勇的脸就黑了。

吴勇说：“哥，这东西怎么说也有我一半哩！”

吴智说：“这是我摸的，咋和你平分？回家就还你拾块钱！”

吴勇说：“拾块钱我不要，彩电不分不中！”说着，动手便夺。

吴智急了，紧搂彩电，张嘴便咬住了吴勇的抓着彩电的右手，痛得吴勇杀猪般地直叫唤，可始终就是不松手。兄弟俩一人搂住一边，缠在了一起，从人群中一直撕扯到大街上。

到底还是吴勇年轻力壮，最终从吴智怀里抢过了大彩电，抱起来撒腿就跑。

吴智一个前扑，死死抱住了吴勇的一条腿。

众人看耍猴一样，撵着看热闹。

吴勇朝吴智大吼道："你放不放手?"

吴智喘息着说："不放，就是不放?"

吴勇恼羞成怒，高高举起大彩电，狠命摔向了马路牙子，随着一声巨响，大彩电便粉身碎骨扭曲变形了。

嘴脸歪斜的吴勇气极败坏，唾沫水飞星流箭般地迸射在目瞪口呆的吴智脸上：

"我叫你不放，这东西我得不到，你也休想得到!"

大年夜，爱上一个不回家的人

为应酬生意，原打算晚两天再动身回老家过年的我，被一场突如其来的雪灾，困在了异地他乡的绿城。

除夕夜，独守店铺的我，把音响开到了最大，但仍然找不回失落的心情。我害怕寂寞，更害怕看中央台的迎春晚会。我担心那种其乐融融的快乐，会碰破我思念亲人的泪泉。我打开液化气，煮好从超市买回的一袋思念冻饺，胡乱扒拉了几口，便孤身一人走上了街头。

华灯闪烁的大街上，没了车流飞泻，没了人山人海，少了喧闹，少了震撼。所有的门店都关门打烊了，除了噼里啪啦的鞭炮声和高高悬挂的一串串大小不一的大红灯笼外，再没有可看的风景。

百无聊赖独自彷徨时，我突然发现寒风阵阵的街口，竟站立着一个披着红色风衣的少妇。

半个小时过去了，少妇依然一动不动。怎么看她也不像是赏风景的人，莫非有想不开的心事不成？

我走近了少妇。少妇大约二十二三的样子，个头足有一米七零，亭亭玉立，长发披肩，忧郁的一双大眼睛注视着大街的尽头若有所思。

“你好！新年快乐！”我的自作多情换来了少妇冷眼一瞟。我不为所动，“大年夜咋独自站在街头喝西北风？还不快回家去与家人团聚啊！”

少妇终于说话了，声音里满是失意：“老公不在家，家里就我一个人，我害怕孤独……”

“哦……”我意识到情况不妙，转身欲走。

“老板，别走，陪我说说话好么？”

我的脸一下子红了：“对不起，我我我，还有事呢！”

"骗人，我见你也在这儿站好久了，大年夜遇上一个不回家的人，可真是缘分呢!"

我闻言大惊，早听说绿城城乡结合部专有一些打扮得花枝招展的妖冶女子，专门勾引招蜂引蝶的男人，男人上钩后，跟着女人进了出租屋，几个凶神恶煞的青壮男子便从天而降，将欲偷腥的馋嘴男人团团围住，一通老拳侍候后，钱财被洗劫一空……

我瞪了少妇一眼，没好气地说："造孽啊，可惜了你这张漂亮脸蛋，好好的一个女子，做什么不好，偏要干这种事，大过年的，还不收手啊?"

"你你你，你这人咋这样啊?"少妇急赤白脸道，"你把我当成什么人了？哼!"

"什么人，你还不知道?"我一边嘟哝，一边准备离开。

"站住，你站住!"少妇突然一把扯住了我。

"干什么？干什么?"我恼怒地扯回了被少妇紧抓的胳膊。

少妇说，老板误会了！我不是那种人！你问我为什么不回家与家人团聚？唉，我告诉你吧。我和我老公是大学同窗，我们是去年国庆才结的婚，我老公是郑州人，我是长沙人，我们都在南宁工作。我俩都是独生子女，回家过年，成了我们的两难选择，原本计划把双方父母接来一起过年，多热闹啊，也不偏着谁向着谁，可老人们都不答应，他们说没这个理，新婚嘛，就该回父母家里去，哪有父母年轻轻的就要往儿女家里跑?

"哦，哦哦，原来是这样啊！这也真不好办。刚才，刚才，对不起了!"我面红耳赤，为自己的那些混账猜想无地自容。

少妇也不看我，仍在自言自语地倾诉，父母们不愿来，我们就得回去过年，可先去谁家好？除夕在谁家守岁？我妈说，反正我和你爸就你这么个孩子，你们觉得该去谁家就去谁家吧。他妈妈说，按理应回婆家过年，不过，现在都是一个孩子，你们看着办吧。这些话听着挺客气，想着却蛮不是滋味。不管回谁家，都会有一家父母孤独地过除夕，真是难死我们了。

少妇说，谢天谢地，感谢这场突如其来的大雪，汽车、火车都停开了，飞机也飞不成了。我们再不为回家过年发愁了，我老公是交警，从小年开始，一直都在救灾前线，刚才打电话说，让我不要等他了，可我就是担心他……

看着一双热泪挂在白皙脸颊上的少妇，我肃然起敬，朝少妇深鞠一躬："谢谢！谢谢！新年快乐！"话音未落，不远处一束礼花弹当空炸响，五彩缤纷的烟花把夜空装扮得更加艳丽了。我们情不自禁一起抬头去看，并异口同声地发出了由衷的赞叹："真是太美了！简直棒极了！"

二 爷

太沉重的苦难是无法言说的。那年冬日失去工作的我曾一度陷入了悲观绝望之中不能自拔。在经历了人生断筋折骨的大苦痛之后，蜷缩在斗室里的我疲惫不堪地爬卧在人生边缘的土坎上，喘息着舔食咸腥的布满周身大大小小流血的伤口时，我欲哭无泪。

二爷来了，他一言不发地坐在了我的对面，叭哒着玉石烟嘴，粗壮的烟雾呛人鼻孔。二爷的脸淹没在一团模糊里。少顷，烟雾缓缓上移，闪出了二爷那张沟壑纵横写满沧桑的脸。这张脸我太熟悉了，它曾在我的一部中篇小说里出现过。二爷混浊的眼睛直勾勾地望着我。

二爷终于说话了。二爷说，娃儿，别丧气，你这个样子，爷看着心里疼啊！爷知道你的为人，咱彭村的父老乡亲没有人不夸你，说你腼腆厚道心地善良。娃儿，你可是咱彭村人一直挂在嘴上的骄傲哩，你是靠真本事从农村进入城市的！眼下遇到了人生的坎儿怕个球。工作丢了就丢了，只要有人在就好，你手中的笔谁也夺不去，你以前的荣耀都是靠的这支笔。只要心不死，就有你娃子东山再起的时候！你可不能让彭村的老少爷儿们失望啊！……

二爷磕去了一锅烟灰。二爷说，这些年你虽然吃了些苦头尝遍了酸甜苦辣，可你却认清了谁是你真正的朋友，谁是落井下石的小人。这些年已经很少看到你发表的文章了，经过这一劫说不准你重新一掂笔就能一炮打响因祸得福哩！爷不会讲大道理，可爷明白人是靠一口气活的，要是你的心死了，你就真的没救了，那就只有等着躺倒挨捶了，让亲者疼仇者快了。

二爷缓缓地装了一锅旱烟，他叭哒着玉石烟嘴，悠悠讲起了埋藏心底已半个多世纪的一个凄婉的爱情故事。

二爷说，我年轻的时候，在涅阳城遇到了一位相好，她是周家绸缎庄周俊仁的闺女，我俩那个恋啊！可女子的爹不同意，他说，你地无一分瓦无一片，在我的柜上学相公混饭吃，这样的一个穷光蛋拿什么养活我闺女？我闺女金枝玉叶，跟了你还不喝西北风？不过，话又说回来，三年后的今天，你若能拿出十块银元的彩礼，我就答应这门亲。

那一年是民国三十四年九月十八日，我刚满十八岁。血气方刚的我一怒之下与我心爱的人儿洒泪而别，一个人跑到了汉口，跟一位跑江湖的银匠当了徒弟。徒弟徒弟三年奴隶，第一年，我没有挣到一块银元，可我没丧气。我一门心思地学艺。快三年了，我仍然身无分文，我原想能偷偷克扣客人的一点粉金碎银，可我又总是下不了手。眼看最后的期限就在到了，我心里那个急呀，茶饭难进，晚上一个人蒙在被窝里流眼泪。师傅得知实情后很是感动，帮我凑了十块银元。

我怀揣希望拜别师傅，没日没夜地走州过县匆匆赶了回来，可等待我的却是另一种结局，与我想好的女子在我前脚走后脚就被贪图钱财的周俊仁卖给了一个做生意的下江蛮子。周俊仁那个王八蛋发现女儿早已有了我的骨血。那一天，她披头散发地赤着脚丫，哭着喊着我的大名，纵身跳入了护城河，又被追上来的人捞上了岸，硬是被那个下江蛮子给带走了……没有人知道那人姓啥名谁家住哪里，只知道是个下江蛮子。我疯了似的又哭又嚎，一个人瘫跪在护城河边，绝望得只想一死了之。可等我哭瘫了，哭累了，静下心来了，就又想开了。唉，是男人就不能让人击垮。我虽说失去了相好的女人，可我却学会了一门不错的手艺。于是我就感叹，这是老天爷的恩赐，是他交给了我一个两手白拙的穷光蛋养家糊口的本领啊！

二爷叭哒着玉石烟嘴，他的脸又被浓浓的烟雾淹没了。二爷的声音遥远而苍茫。

二爷说，从那以后，我终身未娶，可经过我手打造而出的那些小巧玲珑散发着生命光泽的戒指、耳环、头饰……就是我心爱的女人啊！二爷说着，抖索着从贴胸的口袋里掏出一个红绸布小包，一层层小心翼翼地打开来。我猛然感觉眼前一亮，惊讶地瞪大了眼睛：——这是一个栩栩如生美轮美奂的绝色女子，她明眸皓齿光彩照人，略含羞色地静静躺卧在柔滑如水的绸缎上，身上的旗袍盘花的纽扣纹路毕现，是那种瞟一眼便使你心神摇荡的销魂女子。

二爷痴痴地凝望着，老泪纵横。二爷哽咽着，这……这就是与我想好的那个她。她永远这么年轻俊美，永远温顺地陪伴在我的身边形影不离。她是我用劳动的双手挣回的钱，换了白金用心打造而出的。有她在我身边，我这辈子知足了。每天夜晚，她就躺在我的身边，我俩有说不完的知心话哩……

二爷不知什么时候停止了叙述，双手颤悠悠地捧着他心爱的人儿，泪眼痴痴地凝视着。半晌，才忽然醒悟了似的匆忙腾出一只手，擦拭着满脸的泪水和和鼻涕，解嘲般地苦笑笑，自言自语着，嗨，都一大把年纪了，还这么……惹娃笑了。二爷说着，重新仔仔细细轻手轻脚地包好一层层红绸，放回了贴胸的口袋里。

我被二爷这鲜为人知的故事深深震撼了。我们彼此沉默着，陷入了深思。远处的大街上不断传来各种车辆驶来驶去的声音，轰轰隆隆的，近了，又远了，远了，又近了，没有个完。二爷又抽了一口烟，口鼻里却不见烟雾冒出。二爷烟锅里的旱烟早已熄灭了。二爷不管，只管一只接一只地叭哒着玉石烟嘴。

良久，二爷终于打破了沉默。

二爷说，人啊，活在这个世上不易啊，想干成一件事，就要风吹不倒雨打不散地干下去。你出力了，流汗了。不一定能得到你想得到的东西，可你不出力不流汗，就一定没有东西可得！

二爷意味深长地说完这句话便悄然走掉了。望着二爷蹒跚而倔犟的身影，我百感交集泪流满面。后来，我把二爷所说的这最后一段话写在了一张宣纸上，贴在案头。再后来，我离家南下谋生，尝遍了苦甜酸辣，积累了丰厚的生活素材。十年之后，我重拾秃笔涂鸦，时不时有作品接连见诸全国各级报刊，其中有些篇什还获了奖。我不知道这算不算新的开始，但我清楚我之所以能走出生活的阴影，并取得了这些成绩皆与我二爷有关。

感谢二爷，二爷是我生命中的神！

纯属意外

那天下午，我原本从邮局取了稿费就应该打道回府，却突然心血来潮拐上了去图书馆的路，在行至一条冷僻的小巷时，猛然发现一辆双轮摩托车撞倒了一位老人。

刺耳的刹车声过后，水泥路面上留下了一道醒目的黑亮辙痕。满头灰发的老人痛苦地蜷卧着，努力挣扎了几次都没能抬起沉重的脑壳，而那辆摩托车却竟然一加油门，逃之夭夭了。

我紧蹬自行车冲向出事地点，浑身是血的老人已经昏迷。

我一边打 120 求救，一边打 110 报警。

10 多分钟过去了，仍然不见 120 和 110 的影子。

事不宜迟，救人在紧。我扔下自行车冲向街口，拦下了一辆三马仔（三轮车），迅速将老人送往就近的县医院，并掏出那 1500 元稿费替老人交了押金，老人很快被推进了急救室。

正当我寻思如何与老人的家人联系时，有人认出了被撞的老人，不一会儿，闻讯而来的五六个男女在抢救室门前的走廊里将我团团围住了。一个瘦仔，猛然抓住我的衣领，劈面就是一记老拳，恶狠狠地骂道："妈的，你眼睛装到裤裆了，把我爹撞成那样！"

眼冒金星的我一边奋力掰扯瘦仔，一边慌慌地辩解道："嗨嗨，别误会，别误会，人不是我撞的，是一辆红色的两轮摩托车！现场还留有车痕。嗨哟，光顾着救人，我的自行车还扔在那儿呢。"

瘦仔抓我衣领的手是松开了，却不由分说当胸又是一拳："放屁话！你没撞，你能把我爹送进医院来，还交了 1500 的押金？"

事出有因，众人好说歹说，瘦仔不情愿地做了让步，答应我暂时离开医院，去取自行车，但却扣下了我的身份证，令我赶快骑车回家取钱。

我鼻青脸肿地回到家，一家人都吓呆了。

我当然没有再送钱过去，而是向交警大队报了案。

就在我苦思觅想着如何讨回那垫付的稿费和身份证的第二天上午，一群人却闹闹嚷嚷地拥进了我家的院子，那领头的正是让我饱受老拳之苦的瘦仔。

我大惊失色，那瘦仔稍一愣神，立刻撇下众人，“嗖”的一声直窜上来。我本能地朝旁边一闪。瘦仔反应灵敏，迅速欺身跟进，扑通一下跪在了我的面前……

原来，是大难不死的老人还了我的一身清白。我虽然满脸含笑，心里却像打翻了的五味瓶，很不是滋味。

辉煌与无奈

在我们涅阳西南乡，只要一提起兽医世家“李先儿”，可谓家喻户晓。故乡人尊称医生为先生，久之，为叫起来顺口，便只称“先儿”，姓什么就叫什么先儿。我老爷人们称“李先儿”，我爷爷人们称“李先儿”，我父亲人们称“李先儿”，直到我弟弟背起药箱，人们仍称“李先儿”。

前不久，我在遥远的南国向我父亲打电话问安，不料想，我父亲一番孤独无助的慨叹，使我百感交集夜不成眠，深藏在我记忆深处有关我们家世代兽医的一连串故事碎片，便重重叠叠交相辉映呼之欲出了。

签发死刑执行书的我爷爷

许多年前的我爷爷正襟危坐在他的办公室里一头油黑闪亮棱角分明的寸发凛凛神威慑人张扬。几个人毕恭毕敬地站立在我爷爷威严的目光里，他们小心翼翼不停地向我爷爷敬着香烟。我爷爷大手一挡，一概不收。犀利的目光刀子样在他们的脸上划过来划过去。这些人弯着腰一脸的巴结。多爷爷沉默良久，喝下一口浓茶，忽然仰开长叹，回天无力啊，那就只好挨上一刀了！我爷爷叹罢，抖右手从墨水瓶中提起一只蘸笔，在一张白纸上庄重地写下了死刑执行书，并盖上了血红的圆形公章和私人印戳。这些人受宠若惊，连声称谢着携纸而去，惟留下独自眼眶潮湿的我爷爷黯然神伤。

多少年来，我只要一想起我爷爷，我爷爷无一例外就出现在这样的场景里，包括眼下我正敲击这段文字的时候，我爷爷端坐在逝去的遥远岁月里，正默默无声地与我对视。

那时候的我爷爷是公社兽医站德高望重的兽医师。我爷爷只看牛马驴骡等大牲畜，猪羊之类才是其他兽医们的事。我爷爷就像现在时兴的专家门诊，牛马们病了，它们的主人任凭坐等也坚持非“李先儿”不看。我爷爷因此很吃香，诊治中习惯对人呼三唤四，被唤的人也极乐意屁颠屁颠地围着我爷爷转。

那时候的我爷爷是我生命早期里的崇拜偶像。我爷爷说我们老李家是兽医世家，可上溯人老几辈。我爷爷说你老爷你老老爷都是名震乡野的大兽医。可想而知，得益于祖上真传的我爷爷是多么的了不起。我爷爷的高明医术在偌大的涅阳无人能望其项背。

我爷爷除了为生产队的牛马们防病治病外，手里还掌握着全公社近万头牛马们的生杀大权。上世纪六、七十年代，没有兽医站医师的批准证明，集体的牛马们即使老得难以站立，或者不幸摔断了腿脚，只要一息尚存，任何人都不得随意宰杀，否则，“破坏社会主义生产力”的罪名就要让你吃不了兜着走，挨斗挨批不算，还要丢进大狱。由此不难看出，那时候的爷爷所从事的职业是何等的光荣神圣，何等的令人敬佩与羡慕。

辉煌无限的我父亲

一个瘦弱的矮个子男人，手牵一匹矫健的白马，兀立在炊烟缭绕的村口，他们的身后是一轮如血的夕阳，和一眼望不到边的大片金黄麦田，金灿灿的落日余晖给人和马醒目的轮廓，镶上了一圈耀眼的金边，勾勒出一幅五月乡野黄昏里的生动剪影。不远处的一棵老榆树下，一个面目和善的中年男人，正频频与矮个子男人挥手送别，中年男人的身边还站立着他回乡探亲的儿子。突然，瘦弱的矮个子男人双膝一软朝中年男人跪了下来，重重地磕了三个响头，嘴里还不停地念叨，好人啊，李先儿，您是俺的大恩人啊！……

1985 年麦收前出现的这幅画面，有力地验证了众人称颂我父亲的高尚医德和乐于助人的精神。那个跪倒在地的瘦弱的矮个子男人绝想不到，他的这一举动竟然影响了我的一生，使我在后来的日子里一直乐善好施。瘦弱的矮个子男人是邻村一个叫黑皮的人，中年男人是我父亲，而站在他身旁的儿子则是已变成了城里人的我。

那一年，黑皮先是小儿夭折，后是妻子病故，落下了一屁股外债，当农田里的顶梁柱白马又病倒后，欲哭无泪的黑皮用拉车将病马拉进了我父亲的诊所。黑皮和白马在诊所里住了三天。我父亲亲自给白马熬药打针，夜晚睡在病马旁边细心观察精心治疗。当白马痊愈出院，我父亲却将300多元的医药费一笔勾销了……

我父亲1962年毕业于南阳第一高级中学，子承父业的我父亲是我爷爷最出色的关门弟子。我父亲不像我爷爷只用中药，他中西医结合，医疗水平如虎添翼，大小牲畜齐医，惟有对待猫狗与我爷爷一样，不屑一顾。父子二人遵从祖训，猫狗之类乃小儿科，医起来有辱师门。10年后的我父亲成了一名出色的兽医师，其名声绝不逊色于我爷爷。80年代包产到户，家家拥有了犁田拉车打庄稼的牛马，我父亲更是如鱼得水，与退休后的我爷爷回村开药铺办门诊，当起了个体医生，求医者手牵车拉着生病的牛马驴骡与猪羊，终日盈门，诊所里挂满了盛赞我爷爷我父亲妙手回春的锦旗牌匾。

逃离乡村的我弟弟

门里出身的我二弟高考落选后，在父亲的言传身教下也掌握了几手绝活，身背药箱骑着摩托走村串户，人们迎来送往一口一个“小李先儿、小李先儿”的叫，也很是风光了几年。可好景不长，随着牛马逐渐被一辆辆手扶拖拉机取而代之，农民们再不依靠牛马驴骡猪羊过活，一旦患病须一针痊愈，反之必贱卖了事。

驰骋乡野的兽医没有了用武之地。我父亲明显苍老了，但仍固执地死守着他的药铺和药箱，每天仅有一两个小病畜施舍般地照顾着我父亲颓败的情绪。我二弟终于忍无可忍，在一个大雾迷漫的早晨不辞而别，逃进了南阳城，开起了一家专给猫狗看病的宠物诊所。

脸色铁青的我父亲气冲斗牛，不顾我母亲的哀求阻拦，乘车向城市进发，几经周折，终于找到了我二弟的诊所。咆哮如雷的我父亲要将大逆不道的我二弟押回乡野。然而，眼前的景象却让我父亲傻眼了，震惊了。我父亲做梦也想不到，我二弟的生意竟是如此红火，诊所里挤满了挂号等诊的猫啊狗啊的，它们在身着华贵的男女主人的小心呵护下，吱吱哇哇地发泄着不满。更使我父亲想不到的是，这些从前根本上不了席面的猫狗们，每一条的身价竟是10余头膘肥体壮牛马身价的总和。我父亲目瞪口呆，悄然回到了自己已经萧条的乡村诊所。

那天，我父亲在电话中伤心不已。我父亲说，想不到如今的乡村已见不到牛马驴骡的身影了，没有了牛马驴骡，还算什么鸟乡村。你二弟和村里年轻人一样，都撇下生养他们的故土，进军城市了。

我沉默无语。是啊，如今农村里的年轻人都已纷纷逃离乡村，到遥远的城市里寻梦去了，只留下走不动的老人们坐守着最后的家园。一切事物在变幻莫测的时间咒语里，正被一双双看不见的神秘巨手无情地拆卸，并重新组装，以达到日臻完美。这正像一首歌里唱的“这世界变化快，这世界真无奈……”

啼笑皆非

上世纪八十年代初，对北中国涅阳西南乡彭村里的父老乡亲们来说，能吃上水果，那可是值得炫耀的事，他们更不知道香蕉为何物。村子里只有两个人见识过，还亲口吃过，一个是七奶奶，一个是麦叔。

七奶奶说，香蕉可是世上最美最稀罕的水果哩！吃到嘴里又香又甜又润又滑，啧啧啧，比王母娘娘的蟠桃还好吃哩！

七奶奶的话没人怀疑。七奶奶是村里最有福气的人。七奶奶的独生儿子大学毕业后，在南阳府里当了一个不大不小的官，时常用小车接七奶奶去城里享清福。七奶奶总说住不惯，没人和她聊天，只能一个人趴在大玻璃窗后朝大街上看风景。

七奶奶说，城里人日怪，一个比一个牛逼，邻居们走路都仰着脸，互不说话，出出进进都随手关门，防贼似的。

儿子想让七奶奶多住些日子，就抽空陪七奶奶满府城游玩散心。看过了卧龙岗上的诸葛亮庵、汉画馆，游过了白河边的医圣祠、张衡墓、王府山，还有动物园、火车站、飞机场，七奶奶高兴得瘪嘴都合不拢了。七奶奶说，我可真是开了眼界了，把人老几辈都没见过的洋景都看过了！

游兴正浓的七奶奶精神抖擞地路过一水果店，猛然间被一堆拥挤在一起弯不拉唧肋巴骨一样的黄色水果吸引住了。对北中国涅阳西南乡彭村里的父老乡亲们来说，能吃上水果，那可是值得炫耀的事，他们更不知道香蕉为何物。村子里只有两个人见识过，还亲口吃过，一个是七奶奶，一个是麦叔。

七奶奶问儿子，那东西是个啥哩？儿子说，是生在南方的一种水果，叫香蕉，可好吃哩。儿子买了一挂，塞进七奶奶手里。七奶奶一脸兴奋，眯着眼小心翼翼地把鼻子贴上去，陶醉地嗅吸着那一股股诱人的飘来飘去的清香味。

儿子说，妈，你吃哩。

七奶奶说，不吃。

儿子说，我看妈挺喜欢，你吃哩。

七奶奶说，不吃。

儿子说，买来就是让妈吃哩，你吃哩。

七奶奶说，不吃。

七奶奶急急走出水果店，嘴里还一个劲地唠叨着，我现在不吃，回到家，我想坐在那儿细细品着吃。

七奶奶啥也没心看了，火烧眉毛一样急急往家赶。

七奶奶终于回到了家。“嘭”的一声关上门，七奶奶便急赤白脸地骂儿子，你鳖娃，一口一个吃吃吃，这东西我咋看都跟咱家那棵皂角树上结的皂角板儿一个样，硬邦邦的，你让我咋吃？

儿子一拍脑门恍然大悟，忙向七奶奶赔笑，该骂，该骂，我咋就忘了告诉妈，这香蕉剥皮才能吃哩！

儿子的心里忽然酸酸的，不知不觉还掉了泪。

与七奶奶相比，麦叔的遭遇却是很气魄很来劲。

麦叔去广州看姑姑，姑姑给了麦叔10元零花钱。麦叔拥有了10元钱，腰杆一下硬了。那时候还没有百元大钞，10元钱就相当于今天的百元大钞。

麦叔揣着钱大咧咧地走在大街上。一个城里人买了一挂弯弯的肋巴骨一样的东西，边吃边鄙夷地朝一身乡巴佬打扮的麦叔乜斜着眼。

麦叔很生气。麦叔想，你城里人咋？不也是两肩膀抬一颗脑袋瓜嘛，别他妈狗眼看人低，你买得起我也买得起。麦叔咬咬牙也买了一挂，顺手扯下一根，张嘴便咬，又苦又涩的滋味直冲嗓子眼，麦叔禁不住龇牙咧嘴。不及麦叔吐掉，城里人便不屑地讥笑道，嗨嗨嗨，知道这东西叫香蕉吗？香蕉是要剥了皮才能吃的啦。

麦叔脸红了，但架子不倒，狠狠咽下的同时瞪眼回敬道，能的你，我知道这东西叫香叫儿，你以为我不知道剥皮吃？

城里人一脸不解。

麦叔咔嚓咔嚓又猛咬了两口，一边夸张地大嚼，一边理直气壮地说，你管x我，我治病哩！

麦叔的话，冲得一头雾水的城里人一愣一愣。

拍卖过年

我害怕过年并非危言耸听，这不，春节一天天临近，到底回哪个家过年便成了我们夫妻争论不下的焦点。

妻子说："我老爸老妈就我这一个独生女儿，他们最疼我了，去年初一回孩子奶奶家过年，等初二到了我们家，我老妈就哭了，她说他们老两口好孤单，不见小外孙儿在跟前跑来跑去，整个初一，两个人都觉得心里空落落的。今年就是说塌天也必须先得回我们家！"

正躺在沙发上看报纸的我朝妻子翻了个白眼，没好气地嘟哝道："哎哟，我的老婆大人，别忘了我可是我们老金家正儿八经的十八亩地里一棵谷，我老爸老妈就指望我这个独苗儿养活哩！再说了，去年都回去了，如果今年改成初二了，我老爸老妈肯定要跟我急，他们早就盼着搂着小孙娃儿过团圆年哩！"

我的话还没说完，妻子的粉脸一下子就涨红了，杏眼圆睁，气咻咻地说："我老爸老妈也离不开小外孙儿，你也不想想，咱哪个星期六不是我老妈坐早班车，大老远地赶来接我们一家三口去过星期？你有没有良心呀你？"

唉，这事儿不提则罢，一提起来，我就更加窝火。我扔下手中的报纸，大声说道："得得得，打住，打住。你知不知道，正因为有了你老妈这每个星期六的早，从城北一路转了五、六次车气喘吁吁赶来的我老妈，才总是一次次扑空，可怜她老人家一次次都是高兴而来，败兴而归。我老妈每次都要在电话里把我骂得狗血喷头。"

正在我们各执一词吵得不可开交时，我的书房里却传来了儿子的尖声抗议："别吵了，别吵了，写作业哩，烦死了！"

10岁的儿子是我们家的“小皇帝”，做作业的时候更是惊动不得。我们只顾争论，不想却犯了大忌。彼此尴尬间，电话铃突然响了。妻子扑过去刚刚抓起话筒，眼圈便红了，“嗯、嗯”一阵后便撂下了话筒。妻子的嗓门哑了：“我老妈的电话，问咱们几时动身到那里过年。”

我闻听一下子便急眼了，大声质问道：“你你你答应了？咱还没最后决定哩！”

妻子也不答话，兀自扭转身去。

突然，电话铃又石破天惊地响起来。我窜上去抓起话筒刚想发火，里面却传来我老妈慈祥而急切的声音：“儿啊，快过年了，年货都办齐了，你们可要早点回来哟……”

想起老爸老妈的孤独，我一时泪流满面，愣怔半晌，只好硬着头皮向妻子摊牌。

妻子依然无话，一张脸却早已梨花带雨。我左右为难更加束手无策了。

“吱呀”一声门响，我们匆忙一把擦去泪痕，却发现儿子走出了书房。儿子默默地看了看我们，吞吞吐吐地嘟囔道：“外婆家，嗯，还有奶奶家，我，我都想去。唉，要是外婆家和奶奶家合在一起就好了。”

儿子皱着眉头歪着脑袋想了半天，突然一拍脑门，高声叫道：“有了有了，老爸老妈，你们别犯愁了。我有一个好办法，打电话让我爷爷奶奶和外公外婆过来一下，咱也跟电视上的一样，来个现场拍卖，看爷爷奶奶和外公外婆谁给我的压岁钱多，咱们就跟谁回谁家过年！”

“混账！”我气冲斗牛，不知从哪里来了一股勇气，抬手就要掴向儿子。儿子脖子一梗，理直气壮地说：“我话还没说完呀，为什么要打我？我告诉爷爷奶奶、外公外婆，说老爸打我，看他们怎么收拾你！哼！”

我一下子傻眼了，这小祖宗我可真惹不起，那次在老家，村子里的一个小孩摸了他的玩具枪，他骂人家手脏。我在他屁股上拍了一掌，还没等我手掌挪开，脊背上便挨了我老爸一拐棍……

儿子见我傻了眼，得意地说：“那我继续说了啊！老爸老妈啊，你们可真是笨得可爱啊，上面那个方法不行，那就把我爷爷奶奶外公外婆一起接到咱家过年嘛！”

我说，你懂什么？我和你妈早就给你爷爷奶奶外公外婆说过，让他们都来咱家一起过年，可你爷爷奶奶和外公外婆都舍不得离开他们的家！我们口若悬河说一嘴白沫，一点用都没有！

儿子一拍小胸脯，牛气十足地说："哈，放心吧，老爸，看我的！你们都不许偷听！"边说边扭身钻进了书房，关紧了门。

正当我和妻子面面相觑的时候，房门吱一声开了。儿子两手高举，手指伸成两个"V"字形"搞掂了！"儿子骄傲地说，"我用老爸的手机，分别打给了爷爷奶奶外公外婆，我说今年天气太冷了，我不想出门，我要你们都来俺家过年！哈，爷爷奶奶和外公外婆二话没说就高兴地答应了，还千叮咛万嘱托，我的小乖乖儿，我的小心肝儿，天冷，你就别回来了，我们去你家过年去！"

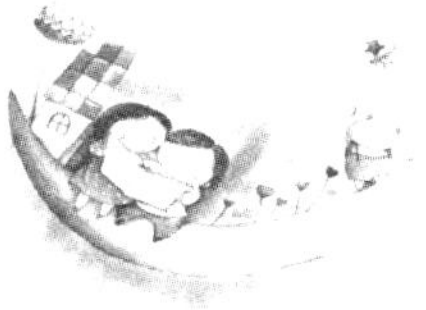

儿子的杰作

多年以前，还没下海的我在机关当秘书。那天，10 岁的儿子突然郑重声明：不上学读书了。我虽然使出浑身解数好话说尽仍不奏效，于是，恼羞成怒的我在儿子屁股上狠狠掴了一巴掌。

儿子放声嚎哭，边哭边喊："我就是不想上学，你大学毕业有啥了不起？别看我小学没毕业，照样能和你一样当大秘书。"我好气又好笑："哼，当秘书！说得可轻巧，没有一肚子墨水能行吗？"儿子鄙夷地耸耸肩膀，从衣兜里掏出几张纸问："这些是你写的吧？"我看了一眼，不解地问道："不错，是爸爸以前写的，你从哪里弄来的？"儿子一扬泪脸，"星期天妈妈去文化馆参加歌舞排练，你带我去你办公室加班写材料，我从你桌上翻来的，我就是看了这些才决定不上学的。"

我一惊，忙拿过来仔仔细细看了看，却看不出什么蛛丝马迹。我实在弄不懂它与儿子不上学有什么关联。儿子见我满脸疑惑，便不再抽泣，一本正经地把它们依次摆在了茶几上。

儿子清了清嗓子念道："××县人民政府关于不准用公款为领导干部配私人电话的通知。"

刚念了一句就停下了，然后歪头问道："爸爸，这是你以前写的吧？"

我忙点头称是。

儿子闻听又开始念第二份："××县人民政府关于不准用公款为领导干部配私人手机的通知。"

只念了一句，又停下了。儿子歪头继续问道："爸爸，这是你去年写的吧？"

我点头承认，却一脸茫然。

儿子情绪显然有些激动，声音提高了两倍：“××县人民政府关于不准用公款为领导干部配私人电脑的通知。”

不等儿子停下，我抢先回答：“这是我今年写的，可这些通知与你不上学没什么关系呀?”

儿子笑了，稚气的脸上游走着神秘：“关系大着哩！小学大学一个样。这通知太好写了。我还帮老爸设计了一个万能通知，能用于明年、后年、再后年，能用完老爸一生。”边说边掏出一张纸，小小的眼睛里溢满骄傲。

我惊骇地匆匆低头一看，只见面前的一张白纸上工工整整写着这样一行字：“××县人民政府关于不准用公款为领导干部配私人□□的通知。”我搔着头皮一脸不解。

儿子得意地用手指点着那两个粗粗的方框，为我指点迷津道：“老爸，你每年要写这些东西时，只用在这里填上你所需要的几个字就行了!”

我闻言，直惊出一头冷汗。

挖墓穴

阿强、阿伟、阿东都是郊区老实巴交的农民，农闲时常带着镢头、锨，骑上单车到城里去，站在街头或立交桥下卖工找活干，可他们做梦也想不到，这天却被警察审了半夜，还把好不容易挣来的一天工钱打了水漂。

那天上午收获不错，下午5点，阿强、阿伟、阿东一伙五六个人站在街头等活干。这时，径直走来一个红着眼圈臂缠黑纱的高个男人，年岁大约30出头，嗓音沙哑，如扯着一条破布条，他说他老娘死了，不想火化，想拉回20公里外的老家土葬，如今风头紧，等天黑时坐上拉棺材的汽车，到老家挖一墓穴，只要神不知鬼不觉，报酬好说，一人两百元，干不干？

这等好事，傻瓜才不干哩。那就这样定了，高个男人说，走，咱先去城北肥哥酒家吃饭去，我与我哥说好了，等我哥租的汽车拉着棺材一到，咱坐上就走。

到了肥哥酒家，高个男人交代弄一桌菜，立马三刻，七碟子八碗便上齐了。吃喝中，高个男人几次离座到门口张望，并自言自语，咋搞的，说好在这儿等，天都黑了，咋还不见我哥来？如此周而复始，酒家老板肥哥也接口说，是呀，是该来了。天已经黑透了，还不见来人。高个男人对肥哥说，我哥这人连辆车都租不来，唉，炖两只鸡等吧，再给我们上两盘菜，两瓶酒。鸡眼看就炖好了，仍不见动静。高个男人愁眉紧锁，朝阿强他们敬了一圈烟：“对不起，你们先慢慢吃，我得回去看看是咋回事。”

五六个人说：“好，快去快回。”阿东看着男人急急出了酒家，走不多远又踅了回来，问门口的肥哥："老板，鸡炖好了吗？还不如我把鸡带上让他们路上吃，省得耽误事。"肥哥就忙把两只鸡用塑料袋装了递过去。高个男人又要了一条云烟，便急急离去了。可走出没多远，又踅了回来，说："我多傻，门口恁多单车，我骑一辆不是快些！"肥哥说："别骑客人的，你把我那辆新车骑去吧。"高个男人说："那就多谢了！"于是从肥哥手中接过单车，偏腿上车而去。

酒足饭饱还不见高个男人来，阿强说，我操，咋还不来？阿伟你傻×呀？这种事儿还不等到夜深人静？都想想也是，便搬了凳子在门口一边打牌一边等。酒家里的客人慢慢散尽了，还不见动静。阿东，操？还不来？咱明天还要出工干活哩，不如回家算了，天这么晚了，家里人不定有多担心！众人一齐响应，扔了牌要走，却被肥哥死死拦住："你们不能走，钱还没给哩，都拍屁股走人了我向谁要去？"

阿伟说，我们又不是主家，咋向我们要钱？肥哥赔一脸笑，我知道，可主家不是还没来嘛，要不打电话催催？他家住哪里？电话……阿伟说，唉哟，这我们还真不知道。肥哥闻听脸都黄了，你们一起来吃饭，不知他住哪里总认识吧？他们异同声道，老×认识。肥哥急赤白脸道："啥？不认识，不认识你们能在一起吃饭？"三个人七嘴八舌解释道："我们是在街上遇见的，他请我们挖墓坑，还先请吃饭，我们能不吃？"

肥哥听了原委惊问道："他老娘死了，怕人知道，咋还敢戴黑纱？老天爷，都两点多了，还不见人影儿，是不是遇上骗子了？"老板肥哥叫苦不迭，就打了110……结果，五六个人上午挣的一百二十元工钱都买了这顿高价饭了。

游击城市

我是一个超级大笨蛋，干啥啥不行，没下岗时，暂可能挣回三核桃俩枣养家糊口，可没了工作后两手白拙一个大子也挣不来，偏一家人又与常人一样，吃喝拉撒睡一样也不能少，这我可就遭了老罪了。想做生意却囊空如洗，连个屁股大的摊位都租不起，只能做一个流动的与城管打游击赚取蝇头小利的水果小贩。钱难挣屎难吃，今天城南明天城北让"荷枪实弹"的城管员撵得鸡飞狗跳，被俘无数，先后共有八个篮子三杆秤眼睁睁变成了城管员的战利品。

无数次败走麦城的短兵相接和微乎其微的成功脱逃，使我积累了丰富的实战经验。为求生存谋发展，在伟人毛泽东《论持久战》的启发下，我乔装打扮潜入"敌占区"，经过两星期风餐露宿的跟踪盯梢，终于侦察获得了可靠的有利情报，苦心孤诣殚精竭虑，成功绘制出了一张"防城管游击战术路线图"，并详细注明了各繁华路段城管队员上下班的准确时间，以及如何在长满空调机铁疙瘩的钢筋和水泥疯长的城市森林里安全抽身撤退的具体路线，以粉碎城管突袭的包抄围剿的阴谋，实施胜利大逃亡。

功夫果然没有白费，几个月来，我每次出摊必有所获，虽偶有遭遇，也是有惊无险，皆仰仗了那张路线图化险为夷，全身隐退毫发无损。因此，我们这一带被城管追得焦头烂额的难兄难弟们，对我佩服得五体投地，苦苦哀求我拉他们一把，好使他们在城市的夹缝里也能灵活机动地讨得一碗饭吃。

一贯被人瞧不起的我受到众人如此抬举，立时热血沸腾，献出路线图，复印后人手一份，"敌"来我走"敌"退我进打一枪换一个地方的游击战术，确实让我们过上了月余天的舒心日子。可好景不长，乱摆乱卖的我们还是被英勇机智的城管队员铁壁合围，最终全军覆没无一漏网，一张张路线图也落入了城管之手。有人立刻供出我是始作俑者罪魁祸首。城管如获至宝，你这家伙，还蛮聪明哩，咋就不走正道呢？有你这样脑筋干什么不行，偏要干这违法的事？好好待着吧，等着上缴大笔的罚款吧。嗤！

这说的是人话么？真是饱汉子不知饿汉子饥！我要真有能耐，谁他妈愿意整天躲躲闪闪地过日子，有粉谁不知道往脸上搽还能往屁股上抹？说句掏心窝子的话，我这样与城管打游击，实在也是想保住一个饭碗的无奈之举呀！

就在我万念俱灰时候，不曾想，城管的这次大行动经媒体披露后，引起了社会各界的关注，我这个生活在社会最底层的小人物也赢得了人们的广泛同情，并由此展开了一场轰轰烈烈的“如何关注弱势群体”的大讨论。结果，塌天大祸不了了之，我被城管一脸歉意地送出了大门口。

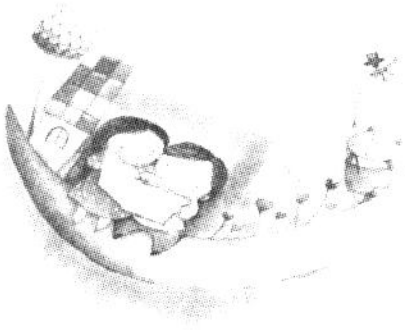

刘老旺的寿宴

刘老旺六十大寿的那天早上，天还没有亮，他就悄悄摸索着起了床，但还是惊动了睡在旁边的女人。女人睁开惺松的眼睛不解地嘟囔道，老东西，天还黢黑黢黑的，你爬这么早干啥？刘老旺朝女人歉意地笑笑，咳嗽了两声说，一夜睡好了，就睡不着了，我想趁早上人少空气好，去外边走走，活动活动筋骨。女人打着哈欠，嘴里笑刘老旺，嗨哟，年轻时也不见你讲究，老胳膊老腿了，倒讲究了！去吧，我小迷糊一会儿，就起来做饭。说着一翻身，又睡过去了。

刘老旺帮女人掖掖被角，弯腰拎起床边的塑料小尿桶，轻手轻脚地开了门，去了厕所。女人将眼睛悄悄睁开一条缝儿，朝着男人的背影轻叹了一口气。女人知道男人的心思，男人这是想儿子了。女人身子弱，几个孩子都是在怀上二、三个月的时候，就毫无征兆掉了。惟一的儿子是在男人三十四岁那年才生下的。儿子就是他们的命，女人想儿子了，嘴里会不停地念叨，男人不同，男人想是在心里。可你当面给他点透了，男人就会恼，就会冲着你吹胡子瞪眼，啥？我想他鳖娃？笑话，眼不见心不烦！我会想他？

等刘老旺屙尿、刷洗一遍之后，再擦把脸，一切收拾停当，天也就大亮了。刘老旺出了门径直向村口走去。村子里依然静悄悄的，除了几声鸡鸣，少有人声。几家没有居住的房屋，已显败相，从歪倒的院门里，可以看到院子里长满了半人高的荒草。刘老旺只朝那里望了一眼，心里便也长满了草。

村口老安的小卖部边上长着一棵一搂粗的老榆树，刘老旺磨蹭着靠在那棵老榆树身上，心里感慨，这棵老榆树怕是要长成精了，去年秋天，一个炸雷劈去了半边树帽子，树身也被天火烧得黑不溜秋。刘老旺都想着与自己一样缺儿少女没人照顾的老榆树，就这样完了，谁知仅剩下了半条命的老榆树，蔫头耷脑地过了一个冬天，一开春，竟重新长出了新嫩的枝丫。想起了儿子，刘老旺是一脸的无奈，父子俩的关系，用女人的话说就是，一口槽上拴不了俩叫驴（公驴）。父子俩在一起说不上两句话就吵架。儿子比老子还犟，啥做得不对，你说他一句，他脖子别得像红薯码子（一窝红薯共用的藤根）。刘老旺知道儿子烦，儿子长得一表人才，可二十二了还没姑娘愿意嫁给他，这都全是当老子的没本事，家里穷，姑娘家看不上。唉，眼下的农村的姑娘们眼高得很哩，找对象都要求小伙子人不但帅，有一门能挣钱的手艺，县城里或乡街上还要有房子。儿子一气之下，跟人下广州打工去了。

儿子是他们老两口惟一的亲人，出门打工已有四年五个月零十二天了，除了前三年赶在春节前给家里寄回几千块钱外，后来的一年多，就一分钱没有了，电话也不往家里打一个。春节的时候，村里有人从广州回来过年，刘老旺曾上门打听儿子的情况，人家告诉他，儿子后来转厂了，刚开始还隔三差五地有联系，转来转去，就没有音信，放心，没事，那里好多打工的，都这样，一、二年没音信，突然有一天开着小车，衣着光鲜地回乡探亲了。刘老旺也盼着儿子突然有一天能开着小车出现在自己面前，但他不稀罕，他只是希望儿子常能给家里报一下平安，挣钱不挣钱倒是小事啊。唉，娃儿不往家打电话，也是不能怪娃儿的。年轻人都出门打工了，村里都是一些老人和孩子，大部分都是身上没手机，家里没电话，在外的娃儿们妞儿们有事，只能先把电话打到村口老安的小卖部里，说明找谁谁谁，然后挂断，由老安在自己家装的高音喇叭上喊，谁谁谁的电话，你儿子或你闺女来电话了，快来接啊。听到喊的谁谁谁，立马放下手里的活计，一溜小跑地往老安的小卖部里跑，在小卖部里或坐或站地等上一会儿，往回打电话的儿子或闺女们，会根据自己家与小卖部之间的距离，估摸出再次打过来的时间。接一次这样的电话，不论时间长短，每次都得给老安两块钱辛苦费。打电话接电话两头费钱，钱花得冤枉，娃儿在外挣钱不容易啊。

早饭吃过，女人在家轧长寿面，拾掇泼面的肉丝萝卜丁浇头儿，刘老旺悠闲地出了门，再一次出现在那棵老榆树下。太阳很暖和，刘老旺蹲在树根下眯着眼睛晒太阳。老安几次让他去小卖部里坐，他都一直没挪窝。

一上午，老安家的高音喇叭响了三次。几个老人或妇女风一样地从刘老旺的身旁刮过来刮过去，刘老旺不为所动。眼瞅着快晌午了，刘老旺才起身进了小卖部，先买了半斤女人爱吃的手撕鸡，又买了一瓶女人爱喝橙汁饮料，又为自己买了一瓶白酒，割了一斤猪头肉。老安高兴得满脸菊花开，吆喝，老旺头，今儿咋这么舍得啊？刘老旺笑了，说，咱都这岁数了，吃了喝了，落住了，到时候一样也带不走！你让弟妹看着店，今儿我请客，咱老哥俩去我家好好喝一杯！

艳　遇

北京的一次文学笔会上，我认识了来自杭州的美女作家J。

J的青春靓丽和犀利怪异的文笔让我惊羡。

J说，我一直是她崇拜的文学偶像，近年来几乎搜集到了我发表在报刊上的所有作品。

我非常奇怪从不健谈的我是如何口若悬河地大谈文学。J听得非常投入，一双黑葡萄似的大眼睛一眨不眨地紧盯着我，还时不时插上一句“哇噻”。

笔会结束时，我们彼此留下了对方的手机号码，如果我能预知到后来将要发生的事，打死我我也不会与J交换号码了。

我已有妻室，夫妻恩爱有口皆碑。到家那天晚上，洗漱完毕躺上床刚想与妻子亲热，手机响了，一看号码居然是J打来的。

J说，心里太乱，我只想听听你的声音！

看着妻子挂满脸问号，我解释说是笔会上刚认识的一位朋友。妻子问，男的女的？我突然莫明其妙地有点心虚，当然是男的了。妻子说，我怎么听着是女人的声音？我遮掩道，这家伙天生就是一个娘娘腔嘛。

小别胜新婚，这一夜总算糊里糊涂地应付过去了。可我做梦也想不到，从此以后J的电话每天都要向我轮番轰炸，嗲声嗲气地倾诉她的相思之苦。突然有一天，J说她实在受不了啦，一定要飞来见我。我血脉贲张心跳加速，我说这样不妥，让我考虑考虑再做答复。那几天，我魂不守舍，接听手机总躲躲闪闪，手机上没来得及删除的J的一条热辣辣的短信，终于被敏感的妻子发现了。我愈解释愈难自圆其说。于是，我们破天荒地发生了结婚以来的第一次争吵……

看着耸动双肩泪流不止的妻子，我受到了强烈的震撼，不禁扪心自问，这究竟是为了什么？十年的恩恩爱爱，在缥渺的色香诱惑面前就这么不堪一击？倏然，我一下子醒悟了，唉，还是自己心中有鬼呀，置幸福的家庭而不顾，企图奢望什么浪漫的婚外情！经过一番深思熟虑，有贼心没贼胆的我只好向妻子彻底坦白了。

为了消融J熊熊燃烧的爱的欲火，我把单调的手机铃声换成了一曲曲彩铃，一看是J打来的，我就有意不接，任由它一个劲地响下去，一次次让朱铭捷“……我又不是你的谁/不能带给你安慰……”替代我应付一阵，然后再委婉地进行劝说。

J不听，哭着恳求我拨打她的手机听听她的心声，我陆续听到的竟是刘嘉亮“想起你的夜里/眼里不停地流泪/……亲爱的不要离开我/心里面想的人全是你……”和胡彦斌“……这泪有多么美只有你知道/这心里有你活着可笑/这一世英名我不要/只求换来红颜一笑/这一去如果还能轮回/我愿意来生做牛马/也要与你天涯相随”。

我硬下心不为所动，讲明利害耐心劝导，J慢慢冷静下来了。

经过两个星期的交流，如约再拨打J的手机时，里面传来了陈小春“一杯二锅头呛得眼泪流/生旦净末丑好汉不回头/你要走我不会留/强留的爱情不会撑得太久……”，那种荡气回肠的绝望与悲切听得我肝肠寸断，但我仍咬牙坚持着不松口……

半年后，J发来了邀请我们夫妇共同参加她婚礼的请柬，我终于舒出了一口长气。

就这样，一场突如其来的情感危机，在彼此的彩铃声中徐徐降下了帷幕，结束了一场不该发生的风花雪月。

谁之罪

公元一千九百八十八年，A君欲购一紧俏物，徘徊于涅阳商业大楼内，无关系，终不得。

独自颓丧之时，脑海中忽然灵光一闪，猛想起自己敝姓拙名与县长大人巧合事。于是，飞奔回家，铺纸掂笔，满怀八份嬉耍，两份侥幸，龙飞凤舞道：

B局长：

来人欲购×物，如有可能，望见字后酌情予以照顾！

然后，在信尾右下方，极潇洒地落下了自己的大号，折好，入封，交于妻。并叮嘱再三，务必面交商业局B局长之手云云。

妻觉好玩，欣然从命，不料，紧俏物竟垂手而得。

A君大喜过望，方知父母所赐大号之厉害。后，每遇抓耳挠腮事，必修书一封，不费吹灰之力，十有八九，难事皆易。

日久，一得信者偶遇县长于街头，献媚所托之事已办。县长闻听愕然，疑奸人冒名，败坏其名，遂派人暗查。

春耕在即，化肥紧缺。几位老乡登门求助。A君慨然应允，故伎重演，大笔挥就，致化肥厂C厂长书信一封。老乡感激涕零，千恩万谢之后，持信前往，谁知，化肥未到手，却遭警方扣押……

顺藤摸瓜，公安迅出。

警车嘶鸣中，A君被捕入囚。其妻愤而号悲："我男人用自己名字求人办事，一没偷，二没抢，三没行贿，四没强迫，究竟犯了哪门子王法？"

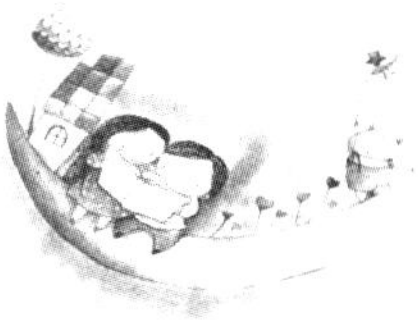

街边的错误

那天下午我吃着烤红薯走在星湖路上，突然被街边的两个乡下人拦住了去路。一位是朝天翻着白眼的中年盲人，另一位是个左脸长着一块扣子样黑痣的少年，年龄大约十二三岁。少年涨红着一张瘦脸朝我怯怯地伸过一只右手，结结巴巴地说：“老板，我妈妈得了癌症，快活不成了，我们家穷，没有一分钱。我和我爸从乡下来找一位亲戚，想借钱为妈妈治病，到现在还没有找到，又一天都没吃饭了，能不能给一顿饭钱?!”

我望着这对父子，只见翻白眼的中年盲人支棱着一双机敏的耳朵，刻意的乞求在满是密麻麻岁月刻痕的紫红脸膛上夸张地张扬，多毛的鼻空贪婪地捕捉着烤红薯散发的香味。而向我伸着手的少年，也正尴尬地充满希望地直盯着我，还一个劲地偷偷吞咽着口水。我似乎听到了他们肚子里传出一阵压抑的叽里咕噜的声响。我毫不犹豫地伸手摸向了钱包，就在我即将掏出的刹那，我猛然想起了无数各种版本的受骗故事，立刻又改变了注意。我抽出手关心地询问其亲戚的姓名、地址、工作单位，以及联系方式，表示愿意帮他们寻找。

中年盲人叹了口气，他说他的这位姓黄名四的人，是他的一位远房表叔，已10多年没联系了，就知道住在星湖路这一带。

哈哈，露馅了不是！我甩手将半个烤红薯扔进了街边的垃圾箱，冷脸喝道：“瞎说，别再演戏了，像你们这种乞丐专业户，我见得多了！装瞎子谁不会。”我恶作剧地朝天翻了下白眼。那对父子浑身一颤，羞愧地耷拉下脑袋。我鼻孔里挤出一个轻蔑的“哼”字，躲避“非典”一般地逃离开去。

这件事很快就被我忘掉了，不料后来我竟然又一次与他们不期而遇了。这是刊登在早报上的一则寻人启事，说是两个星期前，一对父子从都安瑶族自治县的山窝里，来南宁寻亲走失了，旁边附有一张照片，形容枯槁的父亲，是位朝天翻着白眼满脸褶皱的中年盲人，依偎在身边的儿子，是一个左脸长着一块扣子样黑痣的瘦弱少年……

许久以来，自以为揭穿了一场骗局而沾沾自喜的我，一下子懵了……